바랍니다
나이들어도
나를 잊지않기를

물리치료사가 바라본
엉뚱하고 따뜻한 치매 세상 이야기

초판인쇄 2019년 8월 30일
초판발행 2019년 8월 30일

지은이 조상미
펴낸이 채종준
기획·편집 유나
디자인 김예리
마케팅 문선영

펴낸곳 한국학술정보(주)
주소 경기도 파주시 회동길 230(문발동)
전화 031 908 3181(대표)
팩스 031 908 3189
홈페이지 http://ebook.kstudy.com
E-mail 출판사업부 publish@kstudy.com
등록 제일산-115호(2000. 6. 19)

ISBN 978-89-268-9542-9 03810

바랍니다
나이 들어도
나를 잊지 않기를

조상미 지음

물리치료사가 바라본 엉뚱하고 따뜻한 치매 세상 이야기

이담
Books

어느 날,
치매 세상에 들어와 있는 나를 발견했다

"자폐아는 그들만의 세상이 있다.

그들을 이해하기 위해선 그들의 세상으로 들어가야 한다."

얼마 전에 상영되었던 '증인'이라는 영화의 대사이다. 이 영화를 보며 어느 날 치매 세상에 들어와 있는 나를 발견했다. 요양원 물리치료사로서 10년을 훌쩍 넘긴 세월은 이곳 생활에 물들어 가기에 충분한 요건이었다. 이곳에서의 시간은 생각 없는 사람과 생각 있는 사람과의 힘겨운 동거였으며, 어린아이처럼 행복한 미소를 띤 어르신들과 마냥 행복할 수가 없는 선생님들이 같은 공간 속에서 다른 생각을 품고 살아가는 날의 연속이었다.

이들과의 동거는 하루하루가 다사다난했다. 하루도 조용히 지나가는 법이 없었다. 수많은 변수가 생겨나고, 수많은 사건이 쏟아져 나왔다. '이해'라는 잣대를 갖다 댈 수 없는 세상을 이해할 수 없어서 힘들고 짜증스러웠다. 그래서 꽤 오랜 시간, 사랑과 미움을 저울질하며 보냈다. 그러다 문득 깨달았다. 우리가 그들의 세상을 바라보듯, 그들도 그들만의 세계에서 우리를 바라보고 있다는 것을. 소통할 수 없는 그들은 눈빛으로 말하고 있었다. 따뜻함도 냉랭함도 분별할 수 있노라고. 그들은 느끼고 있었다. 단지 표현하지 못했을 뿐이다.

나의 삶은 이곳에서 단련되었고 걸러져 갔다. 예상치 못한 행동을 하는 어르신을 접하면서 무던함과 인내심을 키웠고, 아픈 어르신을 보면서, 젊을 때의 겉모습이 다가 아니라는 것을 깨달았다. 나의 작은 손길과 기도에도 감사하다며 눈물 흘리는 어르신의 모습에서 드린 것보다 더 큰 감동을 받기도 했다. 겉멋에만 열중하던 내 자아가 내면의 멋을 들여다보게 되었다. 갈수록 늘어나는 내 주름살도 예전보단 편하게 받아들여진다. 이제는 어르신과의 만남이 반갑고, 이곳에서 소소한 행복도 얻는다.

치매 세상은 막연한 세계다.

'치매'에서는 왠지 모를 두려움과 절망이 제일 먼저 감지된다. 왜곡된 시선으로 바라보는 눈들도 있을 것이다. 하지만 어르신과의 만남은 미약한 나를 위로하며 애틋한 사랑을 느끼게 했다. 이 책을 통해서 그 설렘을 이 세상 밖에 있는 사람들과 나누고 싶었다. 혹여나 그들이 가졌던 막막함 속에서 따뜻함을 만나보는 순간이 되길 바라는 심정이다.

절망이라는 나무 밑에 떨어진 희망의 씨앗이 꽃을 피워, 그 향기로 절망의 스산한 기운을 덮어버리고 껴안을 수 있다면, 그 씨앗이 내가 되고, 그대가 되고, 우리가 되길 바란다. 치매 세상에 있는 분들을 색다른 시선으로 바라보기보다는 그들의 삶도 따뜻하게 수용할 수 있는, 함께 살아가야 할 이웃으로 받아들여지는 사회적 분위기가 조성되기를 바라며 수줍은 용기를 내본다.

'치매'라는 명칭을 해석하면 '어리석다'라는 뜻이기에 달갑지 않다. '인지기능 장애'라는 표현을 사용하자는 추세로 바뀌고 있지만, 아직까지는 많은 사람이 치매라는 표현을 더 쉽게 받아들이는 분위기이다. 이를 간과할 수 없기에 부득이하게 '치매'라는 표현을 사용한 점에 대해 양해를 구한다.

contents

●
○

prologue 어느 날, 치매 세상에 들어와 있는 나를 발견했다 · 4

1

소란은 끝이 없습니다

냉장고가 털리다 · 14
빤스 전쟁 · 23
휴지를 돈처럼 · 30
TV 쟁탈전 · 36
방 빼! · 41

2

하고 싶은 어르신! 말리고 싶은 선생님!

우리 엄마 치매 아니에요! · 52
97세 할머니! 79세 아버지! · 60
가위를 내 품으로 · 65
어머니! 끝까지 모시고 싶었습니다 · 71
보호자 역할이 바뀌다 · 78
엄마 좀 말려주세요 · 86
찜질이 안 뜨거워! · 92
아들 전화번호 알아요 · 98

3

의지는 시들지 않습니다

아줌마! 담배 · 106

걸어서 아들 집에 갈 거야! · 112

마음은 굴뚝같은데 · 119

기저귀 찼어도 화장실에서 눠야 해! · 125

내 나이가 84살인디 70밖에 안 봐 · 132

똥구멍 아파서 안 먹어 · 138

마누라가 언제쯤 오려나 · 145

백 세 인생 · 152

4

찾아가는 서비스

밥보다 빵이 더 좋아 · 162

노래는 치매를 싣고 · 168

죽어도 걷고야 말겠어! · 173

먹는 게 낙이야 · 179

노는 것이 더 힘들어 · 187

아로마 테라피가 필요해 · 194

이곳에서 희로애락을 맛보다 · 200

5

일상의 최전방에서

등 좀 긁어 줘요 · 210

치료를 왜 쬐끔 하다 말어! · 216

키가 커서 미안해 · 223

찾아가는 서비스 맞춤 서비스 · 228

미약한 자에게 주신 역할 · 235

이런 말도 할 줄 아세요? · 241

하루하루가 전쟁터 · 248

6

마음을 열면 따스함이 느껴집니다

나, 남이 알지 못하는 것 깨달았네 · 256

겨울비 내리는 날 홀연히 떠나셨다 · 262

초콜릿 한 알로 마음을 녹이다 · 269

누구보다 아름다운 노인입니다 · 275

epilogue '주문을 잘못 알아듣는 식당'에서 치매 환자가 서빙하다 · 282

1

소란은
끝이 없습니다

냉장고가 털리다

아침부터 냉장고가 털렸다. 어르신은 방에서 거실로 수시로 들락거리시며, 냉장고를 열어 먹을 것을 찾았다. 지칠 만도 한데, 도전은 끊임없이 계속된다. 어떤 회유책을 써 봐도 음식에 대한 어르신의 열정을 잠재울 수는 없었다. 이 어르신에게는 '식탐가'라는 별명이 붙을 정도였다. 선생님들이 자리를 비우는 틈을 기막히게 알고 있는 어르신은 그 잠깐의 공백을 이용해 날쌘 움직임을 보였다. 그렇다고 선생님들이 하루 종일 냉장고 앞을 지키고 있을 수도 없는 노릇이라 결국은 냉장고에 잠금장치를 부착했다.

처음에는 이 방법이 통하는 줄 알았다. 하지만 어르신은 어느새 잠금장치를 풀고, 원하는 음식물을 손에 든 채 유유히 자리를 떴다. 어르신을 얕잡아 본 꼴이었다. 더 강력한 대응책이 필요했다. 냉장고 안에 있는 음식물은 여러 어르신의 것이기에 반드시 지켜내야만 했다. '속수무책'이란 말이 생각날 정도로 냉장고 지키기는 골치 아픈 일이 되었다. 더군다나 하필이면 냉장고가 물리치료실 옆에 있어서, 나는 뜻하지 않게 냉장고를 주시하게 되었다. 어르신 치료하기도 바쁜 시간인데 냉장고 지기가 된 것이다.

목욕 서비스를 제공하는 시간은 선생님들이 제일 바쁜 시간이다. 이를 아는 어르신은 오늘도 여지없이 냉장고로 돌진해 왔다. 때마침 내 시야에 어르신의 모습이 들어왔다.

"어르신! 여기 있는 간식은 다른 어르신 거예요."

"먹을 것 좀 줘!"

"제 것이 아니라서 마음대로 줄 수 없어요."

"한 개만 줘!"

어르신이 쉽게 물러날 것 같지 않았다.

"그럼! 이거 하나만 드릴게요. 다른 어르신 거니까 또 달라고 하시면 안 돼요."

냉장고에서 요구르트를 꺼내 드렸다.

"그래"

어르신은 환한 미소로 협상에 응했다. 하지만 타협의 효과는 10분도 발휘되지 않았고, 어르신은 다시 힘찬 발걸음으로 냉장고를 향해 진격했다.

"어르신! 조금 전에 드렸잖아요."

"하나만 더 줘!"

지치지도 않으신지 어르신의 시도는 끝없이 계속됐다. 이번에는 나도 물러설 수 없었다.

"30분만 방에 갔다가 오세요. 그럼 드릴게요."

시간이라도 얼마 벌어보자는 생각이었다. 어르신은 마지못해 몸을 돌려 방으로 들어가셨다. 30분 정도는 내 일에 집중할 시간을 번 것이다. 하루에도 몇 번씩 일어나는 광경이었다. 의학적으로 본다면 뇌의 포만감을 느끼는 부분이 손상되어서, 배부름을 못 느끼는 것이라고 한다. 이해는 되지만, 매일같이 일어나는 일이다 보니 침착하게 대처하기가 현실적으로 점점 어려워졌다.

식탐 어르신과의 하루하루는 마치 공격과 수비가 있는 축구 경기를 하는 것과 같았다. 어르신이 냉장고를 공격하면 우리는 수비 태세를 갖춰야 했다. 언제 공격을 당할지 모르는 수비는 항상 긴장 상태로 촉각을 곤두세우고 있어야 했다. 결국 냉장고를 눈에 띄지 않는 장소로 옮기기로 했다. 우리가 선택한 곳은 물리 치료실 옆 베란다였다. 어느 날 갑자기 냉장고가 보이지 않자, 어르신은 아쉬워했다. 어르신의 건강을 생각해서라도 끊임없이 드시게 할 수는 없는 상황이기에 식욕의 본능을 이렇게라도 잠재울 수밖에 없었다. 애처로운 마음도 들었지만, 우리로선 할 수 있는 최선의 방법이었다.

며칠 전에는 식탐 어르신이 계신 방에서 다투는 소리가 났다. 식욕이 왕성한 어르신이 옆 침대 어르신의 간식에까지 손을 뻗은 것이다. 자신의 사탕을 빼앗긴 어르신이 가만있지는 않았다. 등 긁는 효자손을 들어 식탐 어르신을 향해 휘둘렀다.

"저놈이 내 사탕 집어 먹었어! 며칠 전에도 갖다 먹더니 오늘 또 처먹네."

괘씸하다는 듯이 고함을 쳤다. 사탕을 훔쳐 먹은 식탐 어르신의 대응도 만만치가 않았다. 휘두르는 등 긁개를 도로 빼앗더니, 상대편 어르신을 향해 내리쳤다. 싸움을 말리던 선생님의 팔에 등 긁개가 꽂혔다.

"아이고 아파라! 등 긁개 이리 내놓으세요."

애꿎은 선생님의 팔에 붉은 줄이 선명하게 그어졌다.

"싫어! 이 새끼가 날 때렸어. 너도 한번 맞아봐라."

식탐 어르신은 등 긁개를 빼앗기지 않으려고 안간힘을 썼다. 어르신들 사이에 낀 선생님은 등 긁개를 온몸으로 막아내는 지경이 되었다. 그 틈을 타서 사탕을 빼앗긴 어르신은 주먹으로 식탐 어르신의 머리를 쥐어박았다. 머리까지 얻어맞은 식탐 어르신은 더는 참을 수 없다는 듯이 초인적인 힘을 발휘해서 등 긁개를 거머쥐며 상대편 어르신의 몸을 향해 내리쳤다.

이번에도 선생님이 아슬아슬하게 두 팔로 막아냈다. 그러는 사이 두 어르신의 입에서는 한참 동안 욕설이 내뱉어졌다. 팽팽한 접전이 이뤄졌고 두 어르신의 눈빛에서 불꽃이 튀었다. 얼굴은 붉게 상기 되었고, 분하다는 표정으로 서로를 노려보았다. 뒤늦게 달려온 선생님이 합세해서 말린 덕분에 한바탕 소동은 끝이 났다.

싸움은 일단락되었지만, 두 어르신의 흥분된 마음은 쉽게 누그러지지 않았다. 사탕을 빼앗긴 어르신이 한마디 했다.

"저 새끼 이 방에서 내보내야 해."

상대 어르신도 되받아쳤다.

"니가 나가, 이 새끼야!"

"이 도둑놈의 새끼! 니가 나가야지!"

또 욕설이 오가기 시작했다. 한 공간에 있으면 다시 싸움이 일어날 것 같아 어르신 한 분을 방 밖으로 모시고 나왔다. 어르신의 싸움을 온몸으로 막아내던 선생님의 팔에는 세 줄의 등 긁개 자국이 선명하게 찍혀 있었다. 하지만, 억울함을 호소할 수 없는 상황이기에 어르신이 다치지 않은 것만이라도 다행이라고 여기며, 위안을 삼을 수밖에 없었다.

　식욕을 채우기 위한 어르신의 행동반경은 냉장고와 방 하나로 끝나지 않았다. 모든 방을 헤집고 다니며 선생님들의 시선을 피해 다른 어르신들의 방에서 먹을 것을 찾기도 했다. 자기 간식을 빼앗길 수 있다고 생각한 어르신들은 식탐 어르신을 경계했다. 이러한 일이 몇 번 반복되자 식탐 어르신의 무모한 시도는 점점 줄어들게 되었다.

　그러던 어느 날 식탐 어르신의 방에 새로운 어르신이 입소하게 되었다. 90세가 넘었지만, 정신도 또렷하고 인지력도 좋은 편이었다. 어르신은 평소에도 간식 먹는 것을 좋아해서, 과자나 빵을 수시로 먹는다고 했다. 선생님들은 걱정이 되었지만, 방을 옮길 수도 없는 상황이었다. 궁여지책으로 간식을 조금씩만 제공하는 계획을 세웠고, 덕분인지 며칠이 조용하게 지나갔다. 새로 입소한 어르신도 거실에 나와서 프로그램에 참석하고, 식사도 하며 이곳 생활에 잘 적응했다. 하지만, 어느 날부터 거실에 나오지도 않고, 침상에서 보내는 시간이 많아졌다. 그렇게 며칠이 또 지나간 어느 날, 점심 식사 후 오후 프로그램을 마친 시간에 카랑카랑한 목소리의 어르신이 화가 잔뜩 난 표정으로 소리쳤다.

"나 저놈하고 한 방 못 써요, 저놈만 이 방에서 내보내면 내가 나간다는 소리 안 할게."

더는 참지 못하겠다는 뜻이 역력했다.

"왜 그러세요?"

"내가 왜 거실로 안 나가고, 밥도 방에서 먹는 줄 알아요? 다 저놈 때문이야! 내가 잠시만 자리를 비워도 내 물건, 내 이불 다 뒤져서 먹을 걸 갖고 간다니까."

단단히 화가 난 어르신은 상대방 어르신을 내보내지 않으면 자신이 여기서 나가겠다며 최후통첩을 하는 듯했다.

한참을 선생님을 향해 항의하던 어르신의 뒤통수에 난데없이 주먹이 날아왔다. 한동안 말없이 험담을 듣던 식탁 어르신이 주먹으로 본인의 심기를 보여 준 것이었다. 느닷없이 뒤통수를 얻어맞은 어르신은 아까보다 더한 흥분으로 식탁 어르신의 워커*를 붙잡고 흔들어 대며 응수했다. 어디 더 때려보라며 식탁 어르신 쪽으로 발길질도 했지만 다행히 거리가 있어서 맞지는 않았다.

선생님들이 급하게 뛰어와서 어르신들을 말렸다. 옥신각신하는 사이 두 어르신이 육탄전으로 치달을 기세가 보였다. 어르

---

* 보행을 돕는 의료 보조기구

신들의 낯빛은 붉어졌고 분노가 그들의 온몸을 휘감았다. 선생님들이 양쪽에서 어르신들을 붙잡고 행동을 제지했다. 가쁜 숨을 몰아쉬는 두 어르신께는 얼마간의 휴식 시간이 필요할 것 같았다.

식탐 어르신의 도전은 멈추지 않을 것이고 먹는 것과의 전쟁은 끝없이 계속될 것이다. 뇌 손상으로 인해 생겨나는 문제이다 보니 어르신만 탓할 수도 없는 일이다. 완벽한 해결책은 아니겠지만 어르신들 간의 분쟁이 생기지 않도록 적절한 방 배치가 이루어져야 했다. 어르신 주변에 음식물이 보이지 않도록 관리하는 일 또한 신경 써야 할 부분이다. 어르신에게 잠시나마 식탐을 잊게 할 흥밋거리를 찾아 드리는 일도 중요한 서비스이다.

공동생활에 문제가 되는 어르신의 행동은 약물요법이나 억제대*를 사용하는 방법을 고려해 볼 수도 있다. 하지만, 약물요법으로 인해 낙상 사고나 기력저하 증상이 나타나는 위험을 배제할 수는 없다. 또한 억제대를 과도하게 사용할 경우 어르신의 사기가 저하될 수도 있다는 점을 간과해서는 안 되었다.

이런 특징, 저런 성격을 가지고 있는 어르신들이 한 지붕 아

---

* 환자를 억제할 때 사용하는 끈 같은 것.

래 한 공간에서 어우러져 지내기란 순탄하지만은 않다. 갈등이 생겼을 때 이를 해결할 수 있는 편한 방법들도 있다. 그러나 선생님들은 조금은 번거롭고 힘들지라도 끊임없이 더 나은 방법을 찾아 헤맨다. 이런 노력이 어르신들께 전해져 이곳에서 다 함께 순탄한 삶을 이뤄나갔으면 한다.

나이가 들수록 사소한 물건에 대한 집착이 강해지는 것 같다. 돈 대신 물건으로 소유욕을 해결하려는 것처럼 보일 때도 있었다. 뭐라도 가지고 있어야 푸근함을 느끼는 걸까?

며칠 전에 있었던 일이다. 한 어르신이 물리치료를 받은 후 방으로 들어와서 소지품을 챙기는데, 상자에 넣어 두었던 빤스가 보이질 않았다. 계속 찾아봐도 보이지 않자, 어르신은 선생님을 호출했다.

"어르신! 무슨 일이세요?"

"내가 이 상자에 빤스 두 개를 놔뒀었는데, 암만 찾아봐도 보이질 않아."

"잘 찾아보셨어요? 혹시 다른 데 넣어 두신 거 아녜요?"

"아니여! 여기 틀림없이 놔뒀는데."

침대 옆 옷장까지 샅샅이 뒤져 봤지만, 빤스는 보이질 않았다. 의문을 안은 채 시간은 흘러갔고 옆 침대 어르신이 목욕하는 날이 되었다. 목욕하는 날은 소지품을 점검하는 날이기도 하다. 특히 이 옆 침대 어르신에게는 보물단지 같이 모셔 두는 노란색과 검은색 비닐봉지가 있는데, 그 속은 온갖 잡동사니들로 그득했다. 그뿐만 아니라 가끔 발견되는 음식물은 꼭꼭 싸매 놓고 드시지 않아 유통기한이 지나버리기도 했다. 그 때문에 한 번씩 점검해서 쓸데없는 물건과 유통 기한이 지난 간식거리들을 정리해야 했다.

이날도 여느 때와 마찬가지로 옆 침대 어르신이 목욕하는 시간에 비닐봉지를 열어 보았다. 순간 당황스러웠다. 그렇게 찾아도 보이지 않던, 빤스가 봉지 안에 얌전히 들어가 있는 것이 아닌가! 빨리 수습해야 했다. 어르신이 자신의 빤스가 발견된 장소를 알아차리기 전에. 만약 이 사실을 알게 된다면 한바탕 소동이 일어날 게 뻔했다. 재빨리 빤스를 수거했다. 그리고는 빤스를 잃어버린 어르신께 다른 곳에서 찾았다며 되돌려 드렸다. 어르신은 별 의심 없이 받으셨고, 우리는 안도의 한숨을 내쉬었다. 마치 첩보 작전을 펼치는 것 같은 아슬아슬한 순간이었다. 살얼음판 위를 걷는 것 같은 긴장감은 이곳에서 수시로 겪게 되는 일이었다.

그러던 어느 날 방에서 큰 소리가 났다. 간간이 험한 소리도 들려 왔다. 급한 마음으로 달려가니 한 어르신이 옆 침대 어르신을 향해 고함치고 계셨다. 몹시 화가 난 표정이었다. 흥분한 기색이 완연했다.

"이 정신없는 할매가 내 빤스를 가져가 놓고도 안 했다고 시치미를 뚝 떼니 환장할 노릇 아녀!"

"나는 몰라!"

하지만, 옆 어르신은 시종일관 억울하다는 표정으로 모른다는 말만 되풀이했다.

"모르긴 뭘 몰라! 이게 한두 번이여, 나두 참을 만큼 참았어! 세상에 지 빤스 놔두고 내 것을 왜 가져가나."

어르신은 이제는 더 참을 수 없다는 기색으로 옆 침대 어르신을 몰아붙였다.

"수건도 얻어다 놓으면 금세 없어지고. 내가 모르는 줄 알아? 못된 할망구! 더는 못 참어."

그동안 참아왔던 것을 이참에 모두 쏟아내려나 보다. 어르신은 아까보다 더 흥분해서 손까지 부들부들 떨고 계셨다. 일단 어르신의 흥분을 가라앉히기 위해, 옆 침대 어르신을 모시고 이 방을 나가야 할 것 같았다.

"난 이 방에서 안 나가. 지가 나가야지."

나지막한 음성이었지만 분명하게 본인의 의사를 밝히고 계셨다.

"어르신! 거실로 나가서 맛있는 간식 드셔요."

구실을 만들어서라도 어르신들을 한 공간에 계시게 하면 안 될 것 같았다. 화난 어르신의 상태를 조금이나마 누그러뜨리기 위해서는 두 분이 떨어져 있어야 좋을 듯했다. 옆 침대 어르신은 별로 내키지는 않지만, 계속 앉아 있기도 불편하셨는지 선생님을 따라 거실로 나왔다. 옆 침대 어르신이 자리를 뜨셨건만, 화가 가라앉지 않은 어르신은 옆 침대 어르신의 뒤통수에 대고 한마디 했다.

"이 방에 다시는 들어올 생각 말어!"

이제 옆 침대 어르신이 나가셨으니 흥분한 어르신을 조용히 이해시켜야 했다. 조금이나마 빨리 두 분을 화해시키는 것이 이 방의 평화를 찾는 길이다. 하지만 다툼이 생긴 어르신들을 화해시키는 일은 그리 간단하지 않다. 더욱이 치매로 인해 정상적인 인지능력이 상실된 상태에서는 어떤 말을 해야 좋을지 난감할 때가 많다.

"어르신! 옆 어르신이 치매라는 병에 걸리셔서, 내 것과 남의 것을 잘 분간하지 못하셔요. 어르신은 건강하고 똑똑하시니 조금만 더 참으시면 안 되겠어요?"

"난 더 못 참아! 같은 방 못 쓰니, 저 지랄 같은 할매를 이 방에서 내보내!"

도저히 한방을 쓸 수 없다며, 옆 어르신을 다른 방으로 옮기게 하라고 했다. 며칠 전에도 이런 일로 다툼이 있어서인지, 이번엔 화가 더 단단히 났다.

어르신은 한참을 고함치고 흥분한 탓에 기운이 없으셨는지 침대에 누우셨다. 옆에서 지켜보자니 안쓰러웠다. 치매로 인해 내 것과 남의 것에 대한 분별력이 없어져 일어난 일이 정상적인 인지기능을 가지고 있는 어르신에게는 이해될 수 없는 일로 다가왔을 것이다. 정상적인 인지능력이 있는 분과 그렇지 못한 분 사이의 간격을 메우기는 힘들다. 죽는 날까지 받아들여지지 않을 수도 있다. 그렇다고 경도 치매, 중증도 치매, 중증 치매를 세심하게 구분해서 방을 나누는 것은 현실적으로 힘든 일이다. 인지력이 있는 어르신이 이해하는 것이 나은 방법일 수도 있지만, 이해를 강요할 수도 없는 노릇이다.

어르신의 건강 상태를 생각해서라도 이 문제는 심각하게 고려해야 했다. 같은 방을 사용하는 어르신들의 다툼은 자주 일어나는 일이기에, 심각한 사안이 아니면 서로 화해 시켜 함께 지내실 수 있도록 권유했다. 다른 방으로 옮기는 것도 그리 간단한 일은 아니었다. 빈방이 있으면 그나마 다행이지만, 그렇지 못할 경우 어느 방의 어느 어르신과 교체할지 고민해야 하고, 보호자의 동의도 필히 구해야 했다. 방을 바꾸다 보면 잘 지내고 있는 다른 방 어르신이 선의의 피해자가 될 수도 있었다. 공동생활에서는 수시로 발생하는 문제였다. 많은 세월을 각자 자유롭게 지내다가, 한 방이라는 제한된 공간에서 살아가게 되니, 안 맞는 부분이 한둘이 아니었다. 그렇다고 정원에 맞춰 3, 4인실로 설계된 시설을 1인실같이 독차지할 수는 없었다.

간혹 퇴소자가 생겨서 3, 4인실을 혼자서 사용하는 경우도 있었다. 1인실처럼 방을 혼자 사용하면 좋은 점도 있다. 그러나 나이가 들수록 우울해지는 증상을 볼 때, 오히려 말이라도 몇 마디 나누고 온기라도 느낄 수 있는 사람이 옆에 있는 것이 위안이 되기도 한다. 더군다나 이곳에 입소하는 어르신들은 연로한 데다 여러 가지 지병까지 있기 때문에 언제 어디서 무슨 일이 일어날지 몰랐다. 한 공간에서 함께 지내면 응급상황이 발생 될 경우 같은 방 어르신이 제일 먼저 발견할 수 있어 도움이 되기도 한다.

한바탕 소동이 일어난 후, 방안은 정적만이 감돌았다. 어르신들은 우리에게 과제 하나를 내주셨고 우리는 이 문제를 열심히 풀어나가야 했다. 회의를 거쳐 이 난해한 문제를 해결해야만 했다. 끊임없이 반복되는 일상이지만, 그 속에서는 무수히 많은 새로운 문제가 생겨난다. 그것을 해결해 나가는 것이 우리가 맡은 본분이다.

이곳에서는 휴지를 마치 돈처럼 소중히 여기는 특이한 모습을 볼 수 있다. 어르신들은 성별과 관계없이 휴지에 유난히 집착하는 모습을 보인다. 휴지라는 사물을 통해 마음을 달래고 위안을 받으며 대리 만족도 느끼기 때문이다.

어르신들은 식사 때마다 거실로 나와 탁자에 모인다. 식사 시간에는 휴지를 찾는 분들이 많아서 식탁 중간에 휴지를 놓아두고 사용하는데 이때가 되면 누구나 할 것 없이 휴지를 떼어 가기 바쁘다. 서로 경쟁이라도 하듯 여기저기서 손이 뻗쳐 오는데, 식사 후 입을 닦는 용도로 쓰기에는 과한 양의 휴지를 쟁탈전을 벌이듯 가져간다. 자신도 많이 챙기면서 옆 어르신이 휴지를 가져가면 타박하고, 조금이라도 많이 가져가기 위해 옆 사람을 밀쳐내며 순식간에 한 움큼 거머쥐기도 한다. 별것도 아닌 휴지 때문에 식사 전부터 분위기가 냉랭해지기 일쑤다.

거실에 나와 있을 때면 휴지통에 침을 끊임없이 뱉는 어르신이 계셨다. 건강상의 문제로 보였다. 당연히 침을 닦기 위해 휴지가 필요했고 그러다 보니 휴지의 씀씀이가 헤퍼졌다. 다른 어르신들과 사소한 말다툼까지 벌어져서 휴지를 아예 눈에 띄지 않는 곳으로 옮겼더니, 침을 뱉는 어르신이 가장 먼저 휴지를 찾았다. 어르신은 어눌한 말투로 휴지를 달라고 했다.

"여기에 휴지가 없어요! 거실로 나오실 때 휴지를 챙겨 가지고 오세요!"

어르신은 인상을 찌푸리셨지만 항상 주머니에 휴지를 넣고 다니셔서 크게 문제 될 것은 없었다. 그렇게 차츰 분위기를 바꿔 갔다.

하루는 이 어르신의 방에 다른 분을 치료하러 갔다가 놀라운 광경을 목격했다. 침대 머리맡에 휴지가 놓여 있었는데 그 형태가 마치 새끼줄을 꼬아 놓은 것 같았다. 희한한 일이었다. 많은 선생님이 이 휴지 새끼줄 사용을 만류했지만 워낙 고집이 세고 성격이 거친 어르신은 꿈쩍도 하지 않았다. 알고 보니 침대 옆 휴지통에 침을 뱉을 때마다 새끼줄 꼬듯 만들어 놓은 긴 휴지를 돌려가며 사용하고 있었다. 특이한 행동이었지만 이곳은 이해될 수 없는 일들도 자연스럽게 받아들여야 하는 세상이다.

어느 날은 3층으로 물리치료를 하러 갔는데 방안에서 큰 소리가 들려 왔다.

"못된 년들이 내 휴지 다 가져갔어! 내 휴지 갖다 놔!"

할머니는 얼굴이 붉으락푸르락해진 상태에서 목청껏 소리를 지르셨다. 무슨 일인가 싶어서 사연을 들어 보았다. 어르신 침대 옆에서 사용했던 휴지가 꽤 많이 발견되었다. 쓰고 난 휴지를 버리지 않고 차곡차곡 한 곳에 모아 두었나 보다. 냄새도 나고 청결 상 문제가 되어 선생님들이 휴지 뭉치를 치워 버렸다. 그 사실을 알게 된 어르신이 화가 나서 짜증을 내며 욕을 하고 계신 거였다. 흥분은 쉽게 가라앉지 않을 것 같았다.

"어르신! 그만 화내시고 다리에 물리치료 받으세요!"

"치료는 받아서 뭘 해! 도둑년들이 내 것 다 가져갔어!"

울먹이는 소리로 하소연했다. 이 순간은 휴지에 어르신의 모든 초점이 맞춰 있었다. 평소 좋아하던 치료도 마다했다. 잠시 후에 선생님이 들어와서 어르신을 위로했다.

"어르신! 협탁 위에 새 휴지 한 개 갖다 놨잖아요. 그것 마음대로 쓰세요!"

하지만 새 휴지는 어르신의 분노를 진정시키지 못했다. 어르신은 모아 뒀던 휴지에 대한 집착만 보였다. 어르신은 분한 표정만 짓고 계셨다. 아마 저녁 식사 전까지는 화가 풀리지 않을 것 같았다.

"아들이 여기에다 돈 갖다주는데 지들이 뭔데 내 휴지를 치워! 내가 가만있나 봐라!"

다 쓴 휴지건 새 휴지건 상관없이 애착을 보이는 마음을 어떻게 받아들여야 할지 몰랐다. 차곡차곡 모인 휴지를 보면서 돈을 모은 것처럼 뿌듯함을 느끼신 건 아닐는지 짐작할 뿐이다.

몇 년 전에 겪었던 일이 갑자기 생각났다. 이 또한 휴지에 얽힌 일이었다. 유난히 소유욕이 많았던 할머니는 같은 방을 사용하는 어르신의 휴지도 탐을 냈다. 화장실에서 공동으로 사용하는 휴지도 이 어르신이 가져가고 나면, 며칠 지나지 않아 바닥이 났다. 옆 침대 어르신이 잠깐 자리를 비우면 순식간에 그 어르신의 휴지에도 손을 댔다. 그러나 인지가 좋았던 옆 침대 어르신은 자신의 휴지가 줄어든 것을 알고 욕심 많은 할머니를 의심했다.

"할머니가 내가 나간 사이 내 휴지 뜯어 갔지?"

"내가 안 그랬어!"

"뭐가 아니여! 거짓말도 잘하네! 지 휴지 안 쓰고 왜 내 휴지에 손을 대!"

어르신은 억울하다는 듯이 고개를 저으셨다.

"뭐가 아니여! 내가 이 할머니 때문에 속 터져서 못 살겠어!"

휴지 때문에 다툼이 빈번하게 일어나자 두루마리 휴지 속에 있는 종이로 된 심을 가져오면, 새 휴지를 드리겠다고 제안했다. 하지만 이 방법도 통하지 않았다. 종이심을 어디서 구하셨는지 수시로 가져와서 새 휴지를 요구했다.

"요거 가져왔어! 휴지 줘!"

"엊그제 가져가셨잖아요! 벌써 다 쓰셨어요?"

"다 썼으니까 가져오지! 잔말 말고 휴지나 내놔!"

어르신이 어디서 그렇게 많은 종이심을 가져오는지는 곧 밝혀졌다. 어느 날 어르신이 병원 진료를 간 사이 흐트러져 있는 이불을 정리했는데, 평소에 보이지 않던 봉지 하나가 있었다. 무언가 싶어 봉지를 풀어 보니 안에 많은 휴지가 차곡히 모여져 있었다. 놀라웠다. 이렇게 많은 휴지를 두고도 옆 침대 어르신의 휴지를 수시로 욕심내며 끊임없이 휴지를 모으려 한 것이다. 그 이후로는 모아 놓은 휴지의 일부분을 가져다가 어르신이 휴지를 요구할 때마다 내어 드렸다. 자신이 모아 놓은 휴지가 줄어든 것을 알아채지 못하니 그나마 다행이었다.

어르신들이 휴지에 애착을 보이는 경우는 허다하다. 주머니에 휴지가 있는데도 다른 휴지가 눈에 띄기라도 하면 가져가려는 욕심을 부린다. 이곳에서는 휴지가 돈과 같은 위력을 가지고 있었다. 더군다나 휴지에 대한 열정은 심적인 안정감을 얻기 위한 하나의 방편으로 여겨졌다.

사람마다 위안을 받을 수 있는 대상은 다르고 또한 그 방법도 차이가 있기 마련이다. 이렇게라도 해서 어르신들의 허전한 마음이 달래진다면 그깟 휴지가 문제겠는가. 어르신들이 휴지를 통해서라도 갑갑한 심정을 위로받을 수 있다면 오히려 잘된 일일 수도 있었다. 위생상 문제가 되지 않는 선에서 어르신과의 분쟁을 조율해 나간다면 휴지에 대한 어르신의 욕구를 최대한 맞춰드릴 수 있었다. 세상 사람들이 하찮게 여길 수 있는 휴지일지라도 어르신들이 이것으로 인해 만족스러운 생활을 누릴 수 있다면 그것으로 충분했다.

우리의 고정된 시선으로 그들이 중요시하는 것들을 함부로 판단해서는 안 되었다. 나와 같지 않다는 것은 나와 다른 것이지, 잘못된 것은 아니었다. 보통 사람들이 보편적으로 여기는 것이라도 모든 사람에게 똑같이 적용해서는 안 되었다. 다양한 치매 현상을 보이는 어르신들의 특성을 내 관점으로 걸러내는 것이 아니라 포용하고 인정해주는 노력이 필요하다.

TV 쟁탈전

같은 방을 사용하는 어르신 사이에서 TV의 주도권을 누가 장악하는지는 예민한 문제이다. TV 리모컨을 서로 차지하려는 기 싸움은 치열하기까지 해서 팽팽하고 살벌한 분위기가 한 치의 양보도 없이 감돈다. 리모컨은 보통 그 방에서 터줏대감 역할을 하는 어르신이 좌지우지한다. 그러나 가끔은 굴러온 돌이 박힌 돌을 빼는 수도 있다. 기득권을 가지게 된 어르신은 TV 채널과 프로그램을 온종일 본인의 취향에 맞게 틀어 놓는다. 다른 어르신들은 싫으나 좋으나 어쩔 수 없이 그 프로그램을 시청할 수밖에 없다.

한 어르신은 아침이면 항상 킥복싱을 시청하고 오후쯤 되면 역사 드라마를 틀어 놓는다. 하루도 빠짐없이 반복되는 일상이다. 다른 분들은 인지력이 거의 없는 와상이거나 TV에 관심이 없어, 어르신은 어떤 프로그램도 개의치 않고 독점해서 볼 수 있다. 그 옆방 어르신은 오래전부터 지켜온 그 방의 리모컨을 자신의 협탁 옆에 두고 아무런 거리낌 없이 채널을 조정할 수 있다. 그렇기 때문에 새로 입소한 어르신은 이 방 리모컨에 손을 댈 엄두조차 낼 수 없다.

마치 리모컨을 장악한 어르신이 그 방의 주도권자가 되는 것 같았다. 그만큼 리모컨을 조정할 수 있는 권한은 쉽게 뺏길 수 없으며 쉽게 차지할 수도 없는 권력이다. 그래서 TV 시청을 워낙 좋아하는 분들이 한방에서 지내게 되면 틀림없이 다툼이 일어나게 된다. 리모컨 문제는 방 배치를 할 때도 신중하게 고려해야 하는 사항이다.

리모컨 다툼은 순조롭게 정리되는 경우도 있지만 때로는 방을 이동해야 하는 큰 문제로 발전하기도 한다. 그럴 때는 선생님들이 중재하는 수밖에 없었다.

예전에 이런 일도 있었다. 한 어르신이 자신이 지내던 방에서 다툼이 일어나는 바람에 어쩔 수 없이 다른 방으로 이동해야만 하는 상황이었다. 인지력이 아주 좋은 편이었던 어르신은 전에 자신이 있었던 방에서 리모컨을 좌우했었다. 그래서 방은 비록 옮겼지만 자신이 원하는 프로그램을 시청하고 싶어 했다. 하지만 이 방에서 리모컨을 주도하고 있던 기존의 어르신도 만만치가 않았다. 두 분의 불화는 점점 커졌고 급기야 TV로 인해 큰 소리가 오가는 싸움이 벌어지고 말았다.

"하루 종일 지가 보고 싶은 것만 켜 놓으니 짜증이 안 나!"

이 방으로 옮겨 온 어르신은 못마땅한 듯이 얘기했다.

"저 할머니를 왜 이 방에 들여놔!"

"니가 이 방 전세 냈냐? 왜 니가 보고 싶은 것만 봐!"

"참 얄궂다! 왜 이 방으로 와서는 난리야!"

"여기 오면 뭐가 어때서!"

"아이구! 시끄러워!"

두 어르신 모두 기세가 등등했다. 한 분을 밖으로 모시고 나와서야 말다툼은 일단락되었다.

"저번 방에서는 어르신 물건을 가져가는 옆 할머니 때문에 화가 나서 방을 바꾸신 거잖아요! 이 방에서는 그럴 일이 없으니 얼마나 다행이에요. 진정하세요! 이제 옮겨갈 방도 없어요!"

방을 옮겨 본들 또 다른 문제가 발생할 것을 알고 있기에 냉정한 조언을 할 수밖에 없었다.

"나도 알지! 근데 지 보고 싶은 것만 보려고 하니 짜증이 안 나? 저녁 먹고는 자야 하는데 티브이를 켜놔서 시끄러워 잠도 못 자겠고!"

어르신은 이참에 그동안 못마땅했던 것을 전부 털어놓았다.

"제가 말씀드려 볼게요! TV를 저녁 늦게까지 켜 놓지 마시라고요!"

TV를 워낙 좋아하는 분들에게 TV는 친구이자 즐거움이었고 무료한 하루를 달랠 수 있는 소일거리였다. 물리치료를 하러 방으로 들어갔을 때도 TV를 켜 놓고 주무시는 분들이 많았다. 보지도 않는 TV에서 나오는 소리를 자장가처럼 여기시고 잠을 청하시는 듯 보였다. 전원을 끄려고 하면 금세 눈을 뜨시며 못하게 말렸다. 늦은 밤, 잠 못 이룰 때도 TV에서 흘러나오는 소리는 위안을 주는 자장가였다. 이런 분들에게 TV 리모컨을 조정하는 일은 절대 뺏길 수 없는 권리였으니, 한 번 잡은 주도권을 내어줄 리가 만무했다.

식사하기 위해 거실에 나올 때조차 TV를 크게 틀어 놓는 어르신도 계셨다. 방에서도 하루 종일 TV를 틀어 놓는 어르신은 거실로 나와서까지 그 습관을 버리지 못했다. 마치 TV라는 늪에 빠진 것 같았다. 결코 헤어날 수 없는 질퍽한 늪이었다. 그 방에 계신 다른 어르신이 리모컨을 만졌다가 다툼이 일어난 적도 있었는데, 이 어르신은 막강한 힘으로 리모컨을 지켜냈다. 그만큼 TV와 채널을 조정할 수 있는 리모컨은 어르신들에게 중요했다.

TV가 없는 세상은 꿈꿀 수 없었다. 어르신들에게 TV는 이곳 세상을 지탱할 수 있게 만드는 절실한 친구 중 하나였다. 치매 세상 어르신들이 바깥세상과 자유롭게 소통 할 수 있는 유일한 수단이었다. 이 금쪽같은 친구를 지켜내기 위해서 어르신들은 싸움도 마다하지 않았고 자신들이 차지하기 위해 안간힘을 썼다. 쓸쓸한 날이나 기분 좋은 날에도 어김없이 하루의 시작과 끝을 TV와 함께했다. 잠든 시간마저도 곁에서 떠나보내지를 못했다. 이곳에서 TV는 어르신의 쓸쓸한 마음도 살포시 감싸주는 존재가 되었다. 그렇기에 TV 리모컨을 더욱 손에서 놓을 수 없는지도 모르겠다.

TV는 그들의 손에서 떠나간 많은 것 중에서 유일하게 소유할 수 있는 대상이었다. 어르신들은 필요하면 언제든지 달려와 줄 친구 같은 존재와 또 다른 내일을 기대할 수 있으리라.

방 빼!

갈등은 한 방을 사용하는 어르신 사이에서 빈번하게 일어나는 일이었다. 한 공간에서 서로 얼굴을 맞대고 24시간을 지낸다는 것이 그리 쉬운 일이겠는가. 삶의 마지막 부분을 함께 써 내려갈 낯선 상대가 그리 쉽게 받아들여지지 않는 것은 오히려 당연한 일이었다. 서로의 마음이 맞지 않아 수시로 다툼이 일어날 때는 어쩔 수 없이 선생님이 중재에 들어간다. 그럼에도 불구하고 불화가 계속 생기게 되면 방을 이동하는 극단의 조치를 쓰는 수밖에 없었다.

좌측 무릎 부위에 물리치료를 해오던 어르신은 나를 보자마자 옆 침대 어르신에 대한 불만은 터뜨리기 시작했다. 벌써 여러 번 방을 이동했던 분이었다.

"어젯밤에 자다 말고 깜짝 놀랐잖아! 저 할머니가 밤에 일어나서 막 소리를 지르는 거야! 밤새 잠을 설쳤어!"

성질이 나셨는지 퉁명스럽게 얘기했다.

"그러셨군요! 일부러 그러신 것도 아닌데, 어쩌겠어요. 오늘 밤에는 잘 주무실 거예요."

"짜증 나 죽겠어!"

"자꾸 짜증 내고 화내면 어르신만 힘들어지세요. 어르신보다 연세가 많으신 분이니까 몸이 허약해서 그러는구나 하고 생각하시면 안 되겠어요?"

그러나 어르신은 계속 화를 누그러뜨리지 않았다. 나는 어르신을 어떻게 위로해야 할지 알 수가 없어 화제를 다른 곳으로 돌렸다. 마침 어르신이 TV를 보고 계셔서 화면 속 프로그램으로 이야기를 전환했다.

"저 프로그램 사회자는 알려진 사람인가요?"

"그럼! 여기 나온 지 꽤 됐어!"

"저는 처음 보는 것 같은데!"

"나는 맨날 보는 프로니까 잘 알지!"

"무릎에 올려놓은 온찜질은 뜨겁지 않으세요?"

"응! 안 뜨거워! 딱 좋아!"

얼굴에 희미한 미소가 지어졌다. 어르신 마음이 조금은 누그러진 것 같았다.

"어르신! 찜질하고 계세요. 옆방에 금방 다녀올게요."

"그래! 갔다 와!"

방금 전 냈던 역정은 까맣게 잊었는지, 어르신은 아까보다 밝은 목소리로 대답했다.

어르신 사이에서 일어나는 다툼은 대개 두 분 모두 문제인 경우가 많다. 하지만 어르신들은 자신의 말만 옳다고 주장하며 상대방을 다른 방으로 보내라고 요구한다.

자기주장이 강한 어르신이 다른 입소자의 보호자에게도 굳이 할 필요가 없는 말을 하는 바람에 곤란해진 경우도 있었다. 답답함을 못 견디는 이 어르신은 추운 겨울에도 베란다 문을 열도록 요구하는 등 실내 온도를 자기 뜻대로 맞춰야 직성이 풀렸다. 그 바람에 다른 어르신들의 건강이 염려되었다. 선생님들이 하는 일에도 사사건건 참견하는 버릇이 있었다. 결국은 말씀 많은 이 어르신을 다른 방으로 옮기기로 했다. 새로 옮길 방은 덥지 않고 TV도 편하게 볼 수 있는 곳으로 배정했다.

며칠 후 새로 옮긴 방으로 어르신을 뵈러 갔다.

"어르신! 이 방에서 지내기는 어떠세요?"

"뭐 다 비슷하지! 내 앞에 할머니가 나보고 뭐라고 구시렁거리는데 내가 아예 못 들은 척 했어!"

"잘하셨네요. 이 방에서 잘 지내보세요."

평소에 긍정보다는 불만이 많았던 어르신이기에 어딜 가서도 만족은 못 하겠지만, 이번에는 같은 방 어르신들과 좋은 관계를 맺길 바랄 뿐이다.

남자 어르신들도 한방을 쓰다 보면 다툼이 일어난다. 특히 한 어르신은 자신이 싫어하는 어르신과 선생님들이 얘기하는 것을 못마땅하게 생각했다.

"그렇게 좋으냐!"

하시며 핀잔을 줄 때도 있었다. 어르신의 예기치 않은 반응에 당황스러움을 느낄 때가 한두 번이 아니었다. 결국 선생님들은 눈치를 보며 옆 침대 어르신과는 되도록 다정한 모습을 삼가게 되었다. 어르신은 다른 분들과의 대화에도 필요 이상으로 신경을 썼다. 자신만 관심을 못 받는다는 피해 의식이 마음 한편에 자리 잡고 있는 것 같았다. 어르신은 급기야 화를 내며 지금 있는 방에서 다른 층으로 가게 해달라고 요구했다. 커져만 가는 불만을 잠재우기 위해 결국 어르신을 다른 층으로 옮겨 드렸다. 그러나 몇 시간도 되지 않아서 지내던 방으로 돌아오셨고 다시 며칠이 지나갔다.

"다른 방으로 보내줘!"

"어르신! 저번에도 가셨다가 몇 시간도 안 돼서 다시 여기로 돌아오셨잖아요!"

"다시 안 올 거야!"

"약속하실 수 있으세요? 이번에 다른 방으로 가시면 이 침대에는 다른 분이 오실 거예요."

"그래!"

이번에는 확실하게 다짐을 받고 어르신을 다른 방으로 옮겨 드렸다. 나중에 들은 얘기로는 옮겨 간 방에서도 불만이 있었고 다른 분들과 다툼까지 일어났다고 한다. 결국 어르신은 사례회의* 대상자로 지목되었다. 그러나 모든 분야 담당자들이 모여서 어르신 문제를 토론하고 해결책을 모색했음에도 불구하고 뚜렷한 해답을 찾기가 어려웠다. 선생님들이 어르신께 더욱 관심을 가져주고 프로그램에 적극 참여시켜 활기를 되찾도록 하자는 것으로 결론지었을 뿐이었다.

방을 바꾸는 정도에서 끝나는 것이 아니라 아예 요양원을 옮기는 사례도 있다. 예전에 근무하던 곳에서 만났던 할머니인데, 마치 순회하듯 몇 개월에 한 번씩 시설을 옮겨 다니셨다. 놀랍게

---

* 어르신의 문제에 대해 분야별 담당자가 모여 회의하는 것. 상황에 맞는 조치 계획을 세우며 적합한 서비스를 제공하기 위한 목적으로 열린다.

도 각 요양원에 대한 정보가 적혀있는 목록까지 가지고 있었는데, 마음에 안 드는 일이 생기면 언제라도 옮겨갈 준비 태세를 하고 계셨다. 그러다 보니 보호자가 겪는 정신적 고통도 이만저만이 아니었다.

어르신이 처음 이곳에 입소했을 때는 3인실을 혼자 사용하고 계셨다. 혼자서 지내시다 보니 눈에 거슬리는 사람도 없었고 한 방을 넓게 사용한다는 뿌듯함을 만끽하며 별 탈 없이 지냈다. 그러던 중 이 방으로 다른 어르신이 옮겨오게 되었다. 새로 온 어르신은 이전 방에서 생긴 문제 때문에 이 방으로 이동을 하게 되었다. 두 분 모두 인지력이 좋은 편이었고 연배도 비슷해서 서로 대화도 되고 친구처럼 지낼 수 있으리라는 기대를 했다. 하지만 선생님들의 예상은 빗나갔다. 두 분 다 고집도 세고 주장이 강해서 오히려 마찰을 일으킬 일이 많았다. 그렇게 두 분이 토닥거리는 사이 불안했지만 별 탈 없는 며칠이 더 흘러갔다. 그러나 결국 어느 저녁 식사 시간에 두 분의 갈등이 터져 나오고야 말았다.

"남이야 밥에 참기름을 넣고 비벼 먹든지, 지가 무슨 상관이야!"

상대방 어르신이 식사에 참견하는 바람에 싸움이 벌어진 것이다. 선생님들이 보기엔 별일도 아닌 것 같은데, 어르신들에게는 심각한 일로 받아들여지니 난감했다. 두 분의 언쟁은 한 치의

양보도 없었다. 그러잖아도 다른 곳으로 옮겨갈 궁리를 하고 있던 어르신은 이 기회를 놓치지 않았다. 당장 이곳에서 나가겠다며 선생님들에게 엄포를 놓았다. 결국 조금이라도 못마땅한 구석이 발견되면 요양원을 나갈 생각을 먼저 하시던 이 어르신은 끝내 정착하지 못하고 또 다른 곳으로 발걸음을 옮겨갔다.

　한 공간에서 일어나는 어르신 사이의 분쟁은 영원히 풀리지 않는 수수께끼로 다가온다. 그만큼 방 배정하기는 애매하고 예민한 문제라서 각 어르신의 특성을 충분히 검토하고 고려한 뒤에 이루어져야 한다. 여러 분야 선생님들은 의논을 통해 어르신들의 성향과 생활습관, 치매 정도 등을 최대한 참작해서 방을 배정한다. 그러나 심사숙고하여 결정하더라도 생각 밖의 일이 발생하는 경우가 있어 최고가 아닌 최선의 선택을 하고자 노력한다. 예상하지 못한 상황이 발생했을 때는 문제가 되는 어르신을 상담하고 심리적, 정서적으로 지원하고 있다. 그럼에도 불구하고 사그라들지 않는 마찰은 넘을 수 없는 장벽이 되어 선생님들에게 끊임없는 고민을 안겨 주기도 한다.

　가치관의 변화를 꿈꿀 수 있는 젊은 세대가 아닌 아집과 독선으로 정체된 어르신들의 마음을 다독인다는 것은 무리이다. 그러나 평생을 간섭받지 않으며 자유롭게 지내 온 어르신이더라도 이곳에서는 상대방을 신경 쓰고 배려하며 인내심을 발휘해야 했다. 듣도 보도 못했던 타인을 한 방 식구로 받아들여야 했다. 당연히 불만이 쏟아져 나왔고 상대에게서 마음에 드는 구석은 찾아볼 수 없었다. 그래서 이 방 저 방, 이곳저곳을 전전한다. 혹시나 내 맘에 드는 사람이 있는가 하고 말이다.

하지만 세상은 스스로가 바뀌기 전까지는 실망과 짜증만 안겨준다. 내가 변해야만 세상을 바라보는 시선이 바뀔 수 있는 것이다. 이 진리는 단순했지만 누구라도 쉽게 받아들이지는 못한다. 욕심을 내려놓으면 편할 것을 그러지 못해 당사자도 지켜보는 사람도 더 애가 탄다.

평생 따로 살아온 삶이지만 인생의 마지막 종착역인 이곳 한 방에서 정답게 어우러져 남은 시간을 같이 견뎌내고 이뤄 나간다면 더 바랄 것이 없겠다.

2

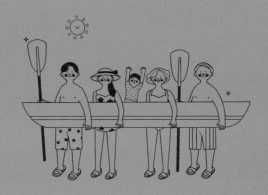

하고 싶은 어르신!
말리고 싶은 선생님!

우리 엄마 치매 아니에요!

요양원에 입소한 어르신들은 대부분 치매 진단을 받지만, 간혹 정상의 인지기능을 가지고 있는 분들도 있다. 한 달 전 입소한 어르신의 경우도 지극히 정상적인 인지기능을 가지고 있는 줄로만 알았다. 하지만 어르신을 겪어 본 결과 경미한 치매 증상을 보였다. 보행도 불안정했는데 수시로 침상에서 내려와 휠체어를 타곤 했다. 선생님의 도움 없이 혼자서 휠체어를 타는 일은 낙상이라는 위험한 상황을 초래할 수 있으므로 각별히 신경써야 하지만, 특히 이 어르신은 화장실을 다녀오기 위해 혼자 휠체어를 타곤 했다.

"어르신! 휠체어 타시다가 혹시라도 넘어지면 어떡해요?"

"나는 화장실에서 변을 봐야 돼!"

"그럼! 선생님을 불렀어야죠!"

"나 혼자 할 수 있어!"

고집이 워낙 세다 보니, 선생님이 하는 얘기는 도무지 들으려고 하지 않았다. 기저귀를 차고 있어도 화장실에서 용변을 보고 싶어 했다. 그러나 기저귀에 대한 욕심도 많았다. 침대 위에 여러 개의 기저귀를 갖다 놓아야만 직성이 풀렸고, 수시로 침대에서 내려와 어설픈 걸음으로 기저귀를 챙겨 놓으셨다. 가끔씩은 소지품을 정리한다며 바닥으로 내려와 짐을 챙기기도 했다. 연이어 벌어지는 위험한 상황 속에서 선생님들은 가슴을 쓸어내려야만 했다. 어르신의 행동은 통제가 불가능했고, 이곳 선생님의 관리를 받을 생각은 더더욱 없어 보였다.

이렇게 자신의 주장이 완고하다 보니, 선생님과의 마찰도 잦은 편이었다. 큰 문제가 일어나기 전에 보호자와 상담해서 문제를 해결하고자 했지만, 돌아오는 대답의 서두는 늘 똑같았다.

"우리 엄마는 치매 아니에요. 인지기능이 좋은 편이라서, 이해시키면 따라주실 거예요."

자녀들은 어머니의 치매를 인정하고 싶지 않아 보였다. 우리 부모만큼은 정상이라는 믿음이 확실했다. 기피하고 싶은 마음이 간절하면, 이성적인 판단이 흐려질 수도 있었다.

한 보호자는 면회 후 이런 말을 한 적도 있었다.

"어머님이 여기에 반찬이나 간식을 가져다 놓으면 다 없어지니까, 도로 가져가라고 하시네요. 이런 말씀을 들으면 마음이 아파요."

"보호자님! 물리치료가 끝나면 저도 협탁 위에 있는 간식을 어르신에게 늘 챙겨드려요. 어르신의 얘기만 전적으로 믿고 너무 속상해하지 마세요. 저희들이 어르신의 개인 간식을 수시로 챙겨드리고 있으니까요."

"아, 그렇군요. 잘 부탁드려요."

보호자는 설명을 듣고 안심했다. 이처럼 인지기능 장애가 있는 어르신들은 자신의 간식이 없어졌다고 우기는 경우가 종종 있다. 그동안 드신 것은 생각지 않고, 처음에 있었던 개수만 기억하기 때문에 일어나는 일이다.

돈 때문에 한바탕 소란이 일어나기도 했다. 아들이 면회하고 가면서 어르신께 10만 원을 주었다. 어르신은 분명 그 돈을 가방 속에 넣어 두었는데 없어졌다며 난리를 피웠다. 급기야 생활실 선생님을 의심하기에 이르렀다. 그 돈은 며칠이 지나고 아들이 다시 면회 온 날이 되어서야 발견되었다. 가방 안쪽 주머니 속에 그대로 있었다. 덕분에 선생님에 대한 의심은 풀렸지만, 모두에게 불쾌한 일이 되고 말았다. 돈은 보호자가 도로 가져가게 했다. 어르신이 돈을 놓은 자리를 찾지 못하면, 저번과 같은 시끄러운 일이 또 생겨날 수 있다. 불신의 씨앗을 키우지 않으려면,

이 방법이 최선이다.

　세상 물정에 너무나 해박하고 말솜씨도 화려한 한 할머니는 거울을 보며, 자신의 건강한 치아를 뽐내곤 했다.

　"이 이빨, 다 내 이빨이야. 반짝반짝 광이 나지."

　80세가 넘은 연세에도 건치를 가지고 계신 어르신은 자부심이 대단했다. 광이 나는 치아를 훤하게 드러내며 자랑을 늘어 놓았다.

　"손주들이 다 내 이빨 닮아서, 학교에서 건치 상을 받았다네."

　"죽은 할아버지가 '오복' 중에 하나라고 자주 얘기했었는데, 이 이빨에 코팅을 하면 더 반짝거려."

　적당한 크기로 고르게 난 치아는 누구나 부러워할 만큼 건강해 보였다. 할머니는 어떤 분야든 모르는 것이 없을 정도로 입담도 좋았다. 함께 대화하다 보면, 이상한 점을 전혀 느끼지 못할 정도로 정상적인 인지력을 가지고 있었다. 하지만 우리들의 평가가 착각이라는 것을 알기까지는 그리 긴 시간이 필요하지 않았다. 할머니는 자신이 유명한 정치인과 친한 사이이고, 얼마 전에 입사한 남자 선생님이 자신의 사촌 동생이라고 우겼다. 이 얘기를 듣는 순간, 그동안 가졌던 선입견이 순식간에 깨졌다. 보호자도 처음에는 선생님들의 얘기를 믿지 않았다. 기분이 나쁘다며 식판을 내던지거나 바닥에 앉아서 난리를 피우는 어르신의 모습을 보게 된 후에야 어르신의 인지기능 장애를 받아들일 수 있었다.

대체로 보호자는 부모님의 건강 상태에 후한 점수를 매기고, 정상적인 인지력을 지니고 있다고 믿는다. 하지만 어르신들의 인지기능은 점점 상실될 수 있다. 심리 상태 또한 변화무쌍해진다는 것을 간과한다. 보호자와 선생님 사이에서도 상담을 통한 소통이 이루어지면 불필요한 오해를 막는 데 도움이 될 것이다.

과도한 질투를 보이는 어르신도 있었다. 어느 날은 질투심이 심하기로 유명한 어르신의 방에서 전기치료를 하고 있었다.

"저 노인네하고 김 선생하고 좋아하는 사이여."

어처구니없는 얘기에 말문이 막혔다.

"설마 그럴 리가요! 어르신이 착각하시는 거예요."

"내가 어젯밤에 봤어. 그렇게 좋으면 데려다 살라고 했어."

이 어르신은 평소에도 질투심이 많아서 선생님들이 다른 어르신과 다정하게 얘기하는 것조차 눈꼴사나워했다. 윗선에 싫어하는 선생님을 터무니없는 얘기로 몰아세우는 바람에 당사자가 곤욕을 치른 경우도 있었다. 치매더라도 증세가 경미하면 원만한 대화가 이루어지기 때문에 정상적인 인지력을 가졌다고 착각할 수 있다. 그러므로 그릇된 판단을 막기 위해서라도 어르신의 말을 전적으로 믿는 행동은 삼가야 한다.

나에게도 질투심은 비껴가지 않았다. 옆 침대 어르신과 치료 중에 대화하는 모습을 유심히 지켜보고 있다가, 한 마디씩 건네는 얘기에는 가시가 숨겨져 있었다.

"놀고 있네!"

"그 영감이 좋은가 봐!"

듣기 민망할 정도의 얘기를 아무렇지 않게 쏟아내셨다. 못 들은 척 아무 말도 하지 않는 것이 상책이라고 생각하며 어떤 대꾸도 하지 않았다. 다른 분의 치료가 끝난 후 어르신에게 다정하게 대하면 기분이 풀리기 때문이었다. 질투의 화신 앞에서는 다른 어르신과 나누는 대화가 조심스러울 수밖에 없었다.

며느리가 시어머니 입소 상담을 하면서 눈물짓는 사연도 있었다. 아들 내외가 시어머니를 모시는 가정이었다. 며느리는 하루 종일 시어머니와 함께 지내며 병간호해왔다. 그러다 시어머니의 인지기능 장애가 점점 심해지면서 분란이 생겨났다. 어느 날부터 퇴근한 아들에게 며느리를 험담하기 시작한 것이다.

"저것이 밥도 안 주고 지만 처먹어!"

시어머니는 며느리가 밥을 안 주고 자기를 때리기도 했다며 수시로 며느리를 모함했다. 처음에는 아들도 어머니의 말을 믿지 않았다. 그러나 계속되는 어머니의 얘기를 듣다 보니 나중에는 아내의 행동을 의심하기 시작했다. 이로 인해 부부간에 갈등이 생겨나 싸움까지 벌어질 정도로 불화가 극으로 치달았다. 가끔씩 들여다보는 시누이들도 자신의 어머니 말만 듣고 올케를 의심하며 미워하게 되었다. 너무도 힘든 생활이 지속되자 급기야 며느리는 정신과 상담 후 치료까지 받게 되었다. 그럼에도 불구하고 가족들은 며느리의 항변을 듣지 않았다. 당연히 어머니에게 발병한 '치매'를 인정하지도 않았다.

어머니의 치매는 점점 더 심해져 밥과 반찬을 구석진 곳에 감추기도 했다. 나중에서야 이런 행동이 밝혀지며 강하게 부인했던 어머니의 치매를 모두들 받아들이게 되었다. 온 가족은 어머니를 요양 시설에 모시기로 동의했고 며느리의 말이 사실이었다는 것도 밝혀졌다. 그러나 긴 시간 동안 가족들에게 진심이 외면당한 며느리의 서러움은 정신적인 고통이 되어 잊히지 않을 깊은 상처로 남게 되었다.

아직도 '치매'라는 질병이 다른 세상 사람들의 얘기라고 생각하며 무심하게 지나치는 사람이 있다. 그러나 치매를 인정하기까지의 시간이 길어질수록 당사자나 가족들에게는 오히려 더 큰 시련으로 다가올 수 있다. 또한 치매를 치료나 예방이 불가능한 어쩔 수 없는 병으로 알고 있는 사람들도 있다. 그러다 보니 치매가 한참 진행되어 신체적 합병증이나 문제행동이 생겨나, 더 이상 집에서 돌보기 힘든 상태가 되어서야 병원을 찾는 경우가 많다. 하지만 치매 또한 초기에 발견해 적절한 약물요법과 이에 관계된 치료 요법을 병행하면 증상을 완화하고 병의 경과 또한 지연시킬 수 있다. 조기 진단을 하면 주변의 가족들도 치매 증상으로 인한 불필요한 갈등이나 오해를 줄일 수 있다. 간병에 대한 대처 방안을 적극적으로 검토하고 이로 인해 받게 되는 경제적, 정신적 부담을 공유하며 적당한 해결책을 모색할 수도 있다. 치매를 바라보는 사회적 인식과 시선들이 거부하고 밀쳐내는 편협한 사고에서 벗어나 감싸 안고 받아들이며 이겨내고 인정하는 너그러운 사고로 발전되기를 바란다.

97세 할머니! 79세 아버지!

~~~~~~

수명이 길어지면서 연로한 자녀가 노쇠한 부모를 모시게 되었다. 육체적 고통과 경제적 부담을 동시에 안게 된 자녀의 삶은 평탄치 않았다. 직장 동료가 들려준 가족의 사연에서도 이러한 고령사회의 단면이 여실히 드러난다.

100세를 바라보는 할머니는 요양원에서 생활하셨지만, 얼마 전부터 집에 와 계셨다. 연세와 비교해 식사도 잘하셨고, 어설프긴 하지만 스스로 걸을 수 있을 정도로 다리 근력이 좋은 편이었다. 하지만 뇌의 기증은 연세를 피해갈 수 없었는지 인지기능이 상실되어 치매 증상을 보였다. 그래도 자주 보아 왔던 가족은 기억했다. 한참 만에 보는 손주들도 처음에는 몰라보셨지만 이름을 얘기하면 기억해내곤 했다. 짧은 대화도 별 무리 없이 나눌 수 있었다.

할머니는 일요일마다 늘 교회에 갔다. 가족 모두가 급한 일로 잠시 자리를 비운 어느 날, 할머니는 집 앞을 지나가는 교회 버스를 세워 혼자 올라타려고 했다. 하지만 걸음이 시원찮은 상태에서 버스에 혼자 타는 것은 무리였다. 그만 발을 헛디뎌 넘어지고 말았다. 다행히 크게 다치지 않았지만 아찔한 순간이었다.

몇십 년 만에 찾아온 무더웠던 어느 여름날에는 집 앞 텃밭으로 나가 잡초를 뽑기도 했다. 할머니는 잘 뽑히지도 않는 잡초를 있는 힘껏 잡아당기면서 안간힘을 쏟았다. 뙤약볕에서 한동안 씨름을 하니 얼굴은 발갛게 그을렸고 더위를 먹어 기진맥진해졌다. 모기에 몸 여기저기를 물리는 바람에 할머니는 연신 다리를 긁어 대셨다. 나중에 보니 텃밭에 심어 놓은 여러 가지 작물은 밟혀 있었고, 잡초 대신 뽑힌 고추가 더 많았다. 그러나 할머니는 아직은 뭐든지 할 수 있다는 의지를 보이며 겁도 없이 무슨 일이든 시도했다.

한여름 뙤약볕에 나가서서 한바탕 소동을 피운 뒤로 며칠이 흘렀다. 모기에 물린 자리가 여전히 가려웠지만 상처가 서서히 아물어 갈 때쯤, 할머니가 방에서 쓰러졌다. 병원으로 옮겨졌고 '뇌경색'이라는 진단을 받았다. 추측하건대 며칠 전 뜨거운 여름 햇살 아래서 잡초와 사투를 벌인 일이 크게 작용한 것 같았다. 평소에 고혈압 약을 복용하고 계셨는데 더운 여름에 힘을 쓰자 병세가 더 악화한 것이다.

할머니는 상태가 좋지 않았다. 말씀도 어눌하게 하고 마비 증세를 보이는 좌측 편의 통증 때문인지 끙끙 앓는 소리를 내며 고통스러워했다. 다행히 의식이 있어 한시름 놓기는 했지만 워낙 연로하셔서 상태가 언제 악화될지 모르는 상황이었다. 삼키는 것도 힘든지 죽도 몇 숟가락 넘기지 못했다. 가족들은 할머니의 건강이 회복되기 힘들 것이라는 불안감을 떨쳐 버릴 수 없었다. 그러나 다행스럽게도 며칠이 지나자 할머니는 기력을 조금씩 회복했다. 드시는 것도 수월했고 마비된 부위의 통증도 처음보다는 누그러졌다.

나이가 들어 육체적, 정신적으로 신체 기능이 상실되어가는 것은 자연의 이치이다. 할머니는 그나마 연세에 비해 건강한 삶을 살아오셨다. 하지만 유독 더웠던 그해 여름은 할머니의 건강을 엄습했다. 특히 지병인 고혈압은 기온의 변화에 민감하게 반응하며 생명을 위협하기까지 했다. 이 시기만 무사히 보냈다면, 뇌경색에 걸리지 않고 더 오래 건강을 유지할 수도 있었다.

할머니를 모시는 아들의 건강도 좋지 않았다. 고혈압에 천식 증세까지 있어 겨울만 되면 기침이 멈추지 않았다. 이런 상황 속에서 100세를 앞둔 할머니를 집에서 모시기는 점점 더 힘들어졌다. 할머니는 요양원에 다시 입소하게 되었다. 고령화로 인한 우리나라의 문제는 멀리서 찾을 필요도 없었다. 100세를 바라보는 할머니, 80세를 바라보는 아버지. 바로 그들 집안의 문제이며 우리 주변의 이야기이기 때문이다.

이 이야기를 듣고 몇 년 전 상담을 통해 들은 사연이 생각났다. 72세 아들이 95세 어머니를 모셨는데, 몇 년간의 수발이 자녀에게 질병을 가져다준 사례였다. 아들은 어머니를 전심으로 보살폈고 그것을 당연하게 받아들였다. 아들 자신도 나이가 들어갔지만 다른 형제들에게 부담을 줄 형편도 못되어 그저 묵묵히 연로하신 어머니를 봉양했다.

그러나 어머니는 세월이 갈수록 상태가 나빠졌고 일상생활에 필요한 모든 것을 아들이 책임져야 했다. 육체적으로 소진되어 가던 아들은 급기야 허리 통증에 휩싸였다. 더는 버티지 못한 아들은 죄스러운 마음으로 어머니를 요양원에 모셨다. 치매 어르신을 병간호하는 일이 얼마나 힘든지는 직접 경험해 보지 않고는 알 수 없다. 그렇기에 심신이 병들어 버린 이분의 사연이 더욱 안타까웠다.

한국도 몇 년 후면 초고령 사회로 접어든다고 한다. 치매 환자의 발생률도 점점 증가하는 추세이다. 나이와 질병이 치매 발생의 중요한 원인으로 작용한다는 것은 간과할 수 없는 현실이다. '치매'라는 질병을 소홀히 넘길 수 없는 이 시대의 현실을 고려할 때 개인과 사회는 앞으로 어떤 준비를 하면 좋을까?

중요한 것은 오래 사는 것보다 육체적, 정신적으로 건강하게 살아가는 것이다. 언제까지 걱정만 하고 있겠는가. 피할 수 없다면 담담하게 받아들이고 예방법을 찾아 숙지해 나가는 편이 오히려 현명한 방법이다. 시대가 반영하고 있는 분위기를, 나만 아니라고 거부하는 행동은 스스로에게 주어진 차선책조차 포기하는 일이다.

노쇠한 부모님을 모시느라 병들고 힘들었던 자신의 모습을 자녀에게까지 답습하게 할 수는 없지 않은가. 자신들이 힘들었던 만큼, 그 고통을 자녀들에게 전가시키지 않기 위해서는 평소에 건강 상태를 정기적으로 확인해 보고, 운동 등 여가 활동을 통해 꾸준히 건강을 관리해야 하지 않을까? 건강하게 나이 들어간다는 것은 자신뿐만 아니라 사랑하는 자녀들을 위하는 길이기도 하다. 초고령화 사회가 될지언정 노령인구가 건강한 정신과 체력을 유지해 나간다면 앞으로 닥쳐올 우리 사회의 모습이 그렇게 어두운 현실로 다가오지만은 않을 것이다.

가위를 내 품으로

이곳에 입소하는 어르신들이 처음부터 특이한 행동을 보이는 것은 아니다. 새로운 환경을 접한 어르신 대부분이 처음에는 소극적인 모습을 보이기 때문이다. 또한 어르신이 주변 환경을 받아들이는 정도에 따라 그 증상들이 심해지거나 덜해질 수 있는 가능성도 있다. 또 어떤 경우에는 보호자가 바라보는 입장에서는 크게 신경 쓰이지 않던 부분들이 단체 생활을 하는 이곳에서는 문제가 되어 특이 증세로 밝혀지기도 한다.

이 어르신도 입소 초기에는 말 수가 별로 없고 식사량도 적은 편이었다. 그러나 이곳 생활에 익숙해지면서 차츰 처음과는 다른 양상을 보였다. 어르신은 무엇이든지 보이는 대로 모으려는 '수집증'이 강했다. 인지기능 장애로 그 증상이 점점 더 심해지자 책상 위에 보이는 선생님들의 핸드폰은 물론이고 잠금장치를 풀어 서랍 안에 들어 있던 가위 같은 위험한 물건에도 손을 댔다. 보호자와의 초기 상담에서는 수집증이나 다른 특이한 증상이 언급되지 않았다. 어르신이 입소하기 전에는 보이지 않았던 행동이라서 당혹할 수밖에 없었다. 선생님들은 앞으로 어르신이 어떤 모습을 보일지 전혀 예상할 수 없었다.

선생님들이 평소에 자주 사용하던 물건이 없어져서 찾느라 애를 태운 적이 있었다. 결국은 찾아내지 못했는데, 어느 날 한 어르신의 침대 시트를 정리하던 중 한쪽 구석에서 그토록 찾아 헤매던 물건들이 발견되었다. 침대 옆 서랍 속에도 없어진 물건이 들어있었다. 그동안 일어난 물건 분실 사건은 이 어르신의 수집증으로 생겨난 일이었다. 그 후로 선생님들은 주의를 기울였다. 책상 위를 늘 정리하고 서랍에도 더 확실한 잠금장치를 달았다. 자주 사용하는 물건도 서랍 속에서 꺼내 사용했는데, 매번 잠금장치를 푸는 일이 꽤나 번거로웠다. 그렇지만 이렇게라도 해서 위험하거나 중요한 물건들을 관리할 수 있다면 불편함도 감수해야만 했다.

거실 벽면에 부착된 게시물을 고정하는 압정도 이 어르신의 바지춤에서 발견되었다. 자칫하면 찔릴 수 있는 물건인데, 남의 시선을 피한다고 자신의 바지 속에 감춰둔 것이었다. 어르신은 기저귀를 착용하고 계셨는데 그 속에서도 다른 어르신의 소지품이 발견되었다. '뛰는 놈 위에 나는 놈 있다'라는 말이 무색할 정도로 선생님들의 눈을 교묘하게 피해가며 닥치는 대로 물건을 모았다.

어느 날은 아침에 출근해 보니 물리치료실 빨래 건조대가 부서져 있었다. 베란다에 내다 놓은 건조대가 부서졌다는 것이 황당했다. 어르신은 밤에도 주무시지 않고 휠체어를 타고 베란다로 나가서 소란을 피웠다. 선생님이 저지하자 어르신의 분노가 건조대를 부서뜨리고 말았다.

사건이 심화되자 요양원에는 긴장이 감돌았다. 어르신의 특이 행동을 잠재우기 위해 보호자와 상담한 뒤 정신과 의사와 상담을 시작했다. 의사의 진단은 이러했다. 젊었을 때 연장을 사용하는 일을 해왔기 때문에 가위나 날카로운 물건에 집착하게 된 것이고, 이것이 인지기능 장애 증상 중 하나인 '수집증'으로 나타난 것이라고 했다. 그러나 상담으로도 뚜렷한 해결책을 얻지 못했다. 함부로 약을 처방할 수도 없었다. 평소에 저혈압과 다른 지병을 앓고 있는 어르신이기에 또 다른 투약을 하려면 신중해야만 했다. 다른 질환이나 현재 투약 중인 약물에 미치는 부작용도 고려해야 하므로 현재로선 물건을 각별하게 관리하는 방법밖에 없었다. 잠금장치를 해놓았지만 다른 분에 비해 근력이 좋고 힘이 센 어르신을 통제하기란 쉬운 일이 아니었다. 어르신은 유별나게 뾰족한 물건에 관심을 가져서 더 큰 문제가 되었다. 외상을 입을 수도 있기 때문에 어르신의 안전이 더욱 걱정되었다.

그렇게 활개를 치던 어르신이 얼마 전부터 지병이 깊어졌고 혈압에 문제가 생겼다. 입원해서 한동안 치료받고 퇴원하셨는데 평상시에 뵙던 그 모습이 아니었다. 얼굴색이 핏기도 없어 보였고 기력도 전보다 못했다. 어르신은 퇴원 이후로 침대에 누워 지내는 시간이 많아졌다. 어르신이 수집증 증세를 보이시며 선생님들의 정신을 어지럽게 만들었을 때는 힘들게만 느껴졌는데, 막상 무기력한 모습으로 누워 계시는 모습을 보니 측은한 마음이 들었다.

선생님들은 고단하긴 해도 어르신이 건강하게 활동하시던 모습이 그리웠다. 사람 마음은 간사한가 보다. 이럴 줄 알았으면 조금 더 이해심을 발휘할 걸 그랬다며 이제야 후회가 되니 말이다.

가끔 수저와 식사용 앞치마에 집착을 보이는 분들도 있다. 그분들의 사물함을 살펴보면 여러 개의 수저와 앞치마를 찾을 수 있다. 휠체어를 사용하시는 어르신은 휠체어 방석 밑에 앞치마를 숨겨 놓기도 했다. 어르신마다 개성이 뚜렷했기에 그들의 습성과 생활패턴을 잘 관찰하고 파악해야만 했다. '수집증' 증세를 보이는 어르신 주변에는 위험한 물건이나 게시물이 없는지 평소에도 수시로 확인해야 한다. 또한 어르신들의 소지품이나 사물함을 한 번씩 점검하고 정리해 드려야 했다. 이 일은 되도록 어르신이 보지 않는 시간대에 이뤄져야 했고, 어르신이 알게 되더라도 부드러운 말투로 응대해야만 마찰을 최소한으로 줄일 수 있다.

첫 근무지였던 요양원에 무척 곱고 얌전해 보이시는 할머니가 계셨다. 그때도 고우셨으니 젊었을 때는 그 미모가 빛났을 것이다. 말씀도 얼마나 예의 바르고 차분하게 하는지 저런 모습으로 늙고 싶다는 마음마저 갖게 만드는 분이었다. 그러나 어르신은 '중증도'에 가까운 치매 증상을 갖고 계셨다. 겉으로 보기에는 순간순간 이치에 맞는 대답을 했지만 10분 이상 대화를 하다 보면 지남력*이 현저하게 떨어졌다. 이분도 수집증 증세가 있어 자신이 사용하는 베갯잇 안에 세탁한 수건과 속옷을 여러 개 감추곤 했다. 언제 그렇게 모아 두셨는지……. 어르신의 민첩한 행동은 우리의 시야에서 벗어나기 일쑤였다. 관리 차원에서 한 번씩 어르신의 베갯잇은 점검 대상이었다.

어르신은 같은 행동을 반복하며 변화된 모습을 보이지 않았

---

* 시간과 장소, 상황이나 환경 따위를 올바로 인식하는 능력.

다. 오히려 증상이 악화되지 않는 것이 다행이었다. 특히 수집증 증세를 보이는 어르신들은 다른 분들보다 더 세심한 관찰이 필요했다. 어르신과의 마찰을 최소화하면서 개인적으로나 공동생활에 문제가 될 소지를 미연에 차단해야 했다.

겉으로 보이는 모습 안에 감춰진 인지기능 장애의 본모습은 가끔씩 우리를 우울하게 만든다. 겉으로 보이는 평범한 모습이 전부였으면 좋겠는데, 예상과는 다른 모습과 행동을 마주칠 때면 허탈감이 밀려들곤 한다. 하지만 우리가 할 일은 어르신들의 현재 모습 그대로를 빼지도 보태지도 말고 묵묵히 받아들이는 것이다. 과거에 어떤 지위를 가지고 어떤 모습으로 살았든지 간에 어르신들은 똑같이 보듬어야 할 분들이다.

우리의 손길을 분주하게 하고 발걸음도 더욱 재촉하게 만들더라도 한결같은 마음으로 그들을 품는 것이 우리가 가져야 할 자세이다.

어머니! 끝까지 모시고 싶었습니다

어머니의 입소 상담을 위해 방문한 내외는 여러 가지 사항을 꼼꼼하게 살펴보며 궁금한 점을 문의했다. 세밀하게 챙기는 모습을 보니 어머니의 입소를 신중하게 검토하는 것 같았다. 옆에서 어머니를 돌봐드리고 싶은 마음은 간절했지만, 이들에게는 어머니를 이곳으로 모실 수밖에 없는 불가피한 사연이 있었다.

자녀들이 출가해 다른 지역에서 생활한 이후로 어머니는 혼자서 지내셨다. 하지만 몇 달 전부터 어머니가 이상하리만큼 전과 다른 행동을 보이기 시작했다. 자신이 거주하는 아파트를 찾지 못했고 집주변을 맴돌기 시작했다. 가족들은 일시적인 현상일 거라고 생각하고 심각하게 받아들이지 않았다. 그러나 어머니는 날이 갈수록 집을 찾지 못하는 횟수가 증가했다. 수시로 아파트 주민이나 경비원의 도움을 받아야 했다.

어머니의 이상한 행동을 눈치챈 아들은 급한 대로 휴가를 내어 어머니와 함께 지냈다. 그러나 어머니는 집안에서 대화를 나누거나 같이 지내는 동안 별다른 이상 행동을 하지 않았다. 그렇게 며칠이 별 탈 없이 지나가자 직장을 오랫동안 비울 수 없었던 아들은 다시 자신의 일터로 돌아갔다. 무언가 이상한 낌새는 있었지만 생업을 당장 정리할 형편도 못 되었다.

그러던 어느 날 어머니와 연락이 되지 않았다. 아들은 어머니 집으로 급하게 달려갔다. 아파트 주변을 샅샅이 뒤지고 탐문해 보았지만 어머니의 행방을 찾을 수 없었다. 관할 경찰서에 신고를 하고 가능한 모든 조치를 취했다. 그날 늦은 밤이 돼서야 다른 경찰서에서 어머니를 보호하고 있다는 연락을 받았다. 거주하고 있던 집과는 걸어서 2시간 거리에 있는 경찰서였다. 어머니는 한참을 걸어서 다른 동네로 오게 되었고 길을 가던 사람에게 자신의 집을 물었다고 했다. 다행히 이것을 수상하게 여긴 행인이 근처 경찰서로 어머니를 모셔다드렸다.

검사해보니 어머니의 인지능력 상태는 심각했다. 구체적인 방안이 필요했다. 우선 어머니를 아들 집으로 모셨다. 그러나 어머니는 자신의 집이 편하다며 답답함을 호소했다. 그렇다고 직장을 다니던 아들 내외가 일을 그만두고 어머니 집에서 기거할수도 없었다. 아들 내외는 어느 쪽도 선택하지 못하고 갈등에 휩싸였다. 어떤 방법이 모두를 위하는 선택인지 판단할 수 없었다.

요양 시설에 대한 정보를 모르는 것은 아니었지만 어머니를 그곳으로 보내는 것만은 피하고 싶었다. 아들은, 할 수만 있다면 끝까지 어머니를 곁에서 돌봐드리고 싶은 심정이었다. 하지만 어머니의 인지기능 장애는 점점 심각해졌고, 아들은 당장 일을 그만 둘 정도의 경제적 여력이 되지 않았다. 더 큰 문제가 생기기 전에 선택해야만 했다. 결단을 더 이상 미룰 수는 없었다. 만일 어머니가 또 집을 찾지 못하는 사태가 생기면 영영 돌이킬 수 없는 불효를 범하게 될지도 모른다는 불길한 예감이 밀려왔다.

아들 내외는 몇 날을 고심한 끝에 요양 시설을 수소문 하여 방문하게 되었다. 이곳을 방문하기까지 며칠을 잠을 설치며 고민했고, 어쩔 수 없이 무거운 발걸음을 뗄 수밖에 없었다.

편마비 증세를 보이는 남편을 수발하던 아내의 사연도 듣는 이들의 마음을 안타깝게 만든다. 1년 전에 뇌경색으로 쓰러진 남편은 후유증으로 우측 편마비 증세를 앓았다. 신체 한쪽 편의 상지와 하지가 마비되어 제 기능을 발휘하지 못했다. 그러나 인지기능은 정상에 가까웠다. 그때만 해도 건강 상태가 괜찮았던 아내가 집에서 남편을 돌보게 되었다. 아내가 병든 남편을 수발하는 것은 당연한 일로 여겨졌다.

아내는 정성을 다해 남편을 돌봤다. 하지만 왜소한 체구의 아내가 보통 체격의 남자를 간호하는 것은 여간 힘든 일이 아니었다. 하루, 한 달이 지나 일 년이 다 되어가는 동안 아내의 체력은 바닥이 났다. 기저귀를 교체하거나 목욕을 시킬 때면 뻣뻣하게 굳어진 몸과 전쟁을 치러야 했다. 그렇다고 직장에 얽매인 자녀들의 도움을 수시로 바랄 수도 없었다. 아내는 모든 정신적, 육체적 고통을 오로지 혼자서 감내해야만 했다.

아내는 언제부턴가 허리에 통증을 느끼기 시작했다. 처음에는 일시적인 것으로 여기고 심각하게 받아들이지 않았다. 하지만 시간이 갈수록 허리의 통증은 심해졌고 다리가 저리기 시작했다. 검사 결과 '허리 협착증'이라는 진단을 받았다. 꾸준한 치료를 받아야 했고, 상태가 심하면 수술까지 받아야 하는 질환이었다. 육중한 남편의 몸과 씨름을 하는 동안 아내의 몸도 허물어지고 있었다.

그제야 자녀들의 고민이 시작되었다. 그동안 어머니가 고스란히 감당했던 일들이 자녀에게로 다가왔다. 질병으로 인해 고통 받는 어머니의 모습을 옆에서 지켜보자니 가슴이 쓰려왔다. 어머니의 짐을 하루빨리 덜어 드릴 해결책을 마련해야 했다.

주변 사람을 통해 '장기요양등급'을 신청하면 집에서 요양 서비스를 받을 수 있다는 정보를 알게 되었지만, 어머니는 낯선 사람이 집에 오는 것이 내키지 않아 허락하지 않았다. 그러나 자녀들은 어머니의 건강을 위해서 이 서비스가 필요하다는 것을 누누이 강조했다. 우여곡절 끝에 요양보호사가 집으로 파견되어 도움을 주는 '재가서비스'를 받게 되었다. 어머니는 예상했던 대로 불편해했고, 얼마 되지 않아 재가 서비스를 중단시켰다. 그러는 동안 어머니는 점점 더 지쳐갔다. 이러지도 저러지도 못하는 상황에서 가족의 갈등은 깊어졌다.

결단을 내린 건 아들이었다. 요양원 입소를 검토해 보니 오히려 이 방법이 더 나을지도 모른다는 생각이 든 것이다. 아버지를 간병하는 일을 더 이상 어머니에게 전가할 수 없었다. 어머니마저 몸져눕게 될까 염려되었다. 집 근처 요양원을 소개받았고 시설 입소 절차를 마친 뒤 아버지를 요양원으로 모시게 되었다. 두 분 모두 이제는 떨어져 지내야 한다는 사실이 어색하고 힘들 것이다. 그러나 아버지도 더 이상 어머니의 고통을 모른 체 할 수 없어서 아들의 의견을 따라 주었다. 대신 아들은 매주 금요일 점심이면 아버지를 모시고 외출했다. 이 시간에 맞춰 어머니를 병원으로 모셔드리며 일주일마다 아버지와 어머니가 만나는 시간을 갖게 해 드렸다.

질환이 발생한 남편을 끝까지 지켜주고 싶었던 아내의 마음은 누가 보더라도 갸륵했다. 하지만 병든 남편을 수발한다는 것에 아내의 희생이 요구되었다. 아내에게 남겨진 것은 돌이킬 수 없는 질병이었고 남은 삶은 육신의 고통과 마주해야 했다.

가족 누군가가 겪는 고통은 가족이라는 테두리 안에서 함께 버텨내야 할 운명으로 받아들여진다. 타인에게 미룰 수도 없는 일이라고 생각해 힘들어도 남에게 내색하기 어렵다. 그러나 혼자서 감내하기에는 힘겨운 고난이기에 부모나 배우자를 간병하다 보면 대부분은 시간이 지날수록 육체적, 정신적으로 지치고 소진된다. 처음에는 애틋한 마음을 가지고 시작했지만 고통이 쌓여 갈수록 불만이 불거져 나오게 되고 급기야 원망과 자기 한탄으로 이어진다. 희망은 송두리째 사라지고 좌절만 남는 것이다. 지속되는 간병생활로 인해 가장 소중했던 가족이 분노의 대상이 될 수도 있다. 육체적, 정신적으로 장애를 가진 환자를 돌본다는 것은 그만큼 사람을 극도의 한계점에 다다르게 하는 일이 되기도 한다. 가족이기에 더 큰 애착이 있었지만 고통스러운 일들이 반복되면 애착이 오히려 애증이 될 수 있다는 사실을 우리는 인정해야 한다.

가족이기에 끝까지 함께 하고 싶어 하는 것은 당연하다. 그들을 내 곁에서 떠나보낼 수 없기에 아픔도 기꺼이 함께 이겨 내려 한다. 하지만 시간이 갈수록 각자 다른 길을 걷고 있다는 것을 알게 된다. 그것은 평행선과 같은 서로 근접할 수 없는 관계이기에 결국은 지치고 초췌한 모습으로 사랑하는 가족을 떠나보내게 될 수도 있다. 가족이라는 이름으로 서로를 가둬 놓고 억지로 감싸려 하지 말았으면 싶다. 가족이기에 더 배려하고 존중해 주는 이타심이 발휘돼야 하지 않을까. 서로를 위하는 객관적이고 냉정한 판단을 내려야 할 때가 너무 늦지 않기를 바랄 뿐이다.

보호자 역할이 바뀌다

부모로서 내 자녀의 보호자 역할을 영원히 할 줄 알았다. 그러나 연로하고 병든 몸은 이 막연한 믿음을 여지없이 깨뜨린다. 세월이 흐르면 자녀의 보호자 역할을 했던 부모는 자녀들에게 보호자 자리를 내주게 된다.

사무실로 걸려오는 전화 문의에는 부모님이나 배우자의 입소 상담에 관한 사례가 많다. 입소 가능 유무, 요양원의 규모, 프로그램의 종류, 몇 인실, 입소비, 교통편 등을 문의하고 상의한다. 일반적으로 주간보호센터나 요양병원, 타 요양원 시설을 이용했었거나 입소해 계신 분들의 보호자들은 경험이 있기 때문에 입소 절차나 정보를 어느 정도 알고 있었다. 하지만, 집에서 부모님을 모시다가 처음 이곳으로 오는 분들은 노인 장기요양등급조차도 알지 못하는 경우가 있다. 이런 분들에게는 입소에 필요한 사항을 전반적으로 안내해 드린다.

보호자들은 가장 적합한 시설을 선정하기 위해 다방면으로 수소문하고 문의를 한다. 마치 오래전 부모가 자녀를 유치원이나 어린이집으로 보내기 위해 열정적으로 알아보고 수고를 마다하지 않던 모습이 연상된다. 이제는 역할이 바뀌었다. 자녀들이 부모에게 받았던 것들을 그대로 갚는 것처럼 보인다. 다른 점이 한 가지 있다면, 자녀의 음성에는 애달픔이 담겨있다는 것이었다.

　어제 입소 상담을 위해 요양원을 찾은 부부가 있었다. 다른 지역 요양원에 어머님이 계시는데, 이곳으로 이사 온 자녀가 거리가 멀어 생기는 불편을 줄이기 위해 거주 지역에서 가까운 요양원을 알아보고 있다고 했다. 기본적인 사항을 문의하고 생활실로 올라가서 시설 내부를 함께 둘러보았다. 엘리베이터 안에서 보호자 분이 근심 어린 얼굴로 얘기했다.

　"요즘 사회적으로 문제죠?"

　나는 말 없이 미소만 지어 보였다. 이 질문 하나에 보호자들이 겪고 있는 고충을 어림잡아 짐작할 수 있기 때문이다. 거리상이나 생업으로 인해 자주 들여다볼 수 없는 상황, 경제적 부담을 안겨주는 요양비, 그로 인한 자녀들 간의 불화, 부모님의 건강 상태 악화 등등 보호자 역할을 하는 자녀는 수많은 문제에 당면

한다. 심지어 그들이 문제 해결을 위해 고심하는 동안에도 절망은 차츰 밀려온다.

보호자들은 더 알아보고 나중에 연락드리겠다는 말을 남기고 요양원 문을 나섰다. 그들의 뒷모습에서 대부분의 보호자가 겪고 있을 무게감이 스쳐갔다.

엊그제 입소한 어르신은 몇 달 전까지만 해도 아내와 함께 생활 했다. 90세가 넘도록, 아내의 수발을 받던 어르신에겐 별문제가 없었다. 하지만 아내의 죽음 뒤에, 홀로 남겨진 어르신을 모시는 일이 자녀들에게 옮겨 가면서 문제가 생겼다. 각자의 삶만 신경 쓰고 살았던 그들에게 아버지를 돌보는 일은 만만하지 않았다. 그동안은 딸 집에 머물며 주간보호센터에서 요양 서비스를 받아 온 아버지였다. 하지만, 인지기능 장애와 건강 상태가 갈수록 나빠져 이것마저도 어려운 상황이 되었다.

자녀들은 여러 방면으로 고심한 끝에 아버지를 요양원으로 모시기로 결정했다. 하지만, 인지력이 어느 정도 남아 있는 어르신은 요양원 입소를 완강하게 거부했다. 그렇다고 차일피일 미룰 수도 없는 일이었다. 아버지와 자녀는 우선 요양원에서 며칠만이라도 지내보기로 타협했다.

어르신은 새로운 환경에서 조금은 어리둥절한 표정이었지만 거부반응은 보이지 않았다. 집에서는 커피나 간식거리를 수시로 드셨다고 했다. 워커를 이용해 화장실도 이용하실 정도의 기력도 있다고 들었다. 하지만, 보호자의 말만 듣고서는 정확한 판단을 내릴 수 없기에 어르신의 신체적 기능이나 생활패턴을 관찰하고 살펴봐야 했다. 그 외에 아들이 당부한 것도 있었다.

"되도록이면 걸을 수 있을 때 그 기능이 소실되지 않도록 걷게 하셨으면 좋겠어요."

"네. 저도 그러길 바랍니다. 하지만 제가 객관적으로 판단해서 어르신의 신체적 기능이 부족하다면 다른 방법을 생각해 봐야합니다. 낙상 위험을 최소한으로 줄이고 이곳에서 편안하게 생활하실 수 있도록 돕는 것이 저희들이 할 일입니다."

"낙상 위험도 있겠지만 아버님이 스스로 걸을 수 있는 것이 생활의 활력이 되지 않겠습니까?"

"자녀분들의 심정은 저도 충분히 알고 있습니다. 웬만하면 어르신이 스스로 보행하도록 하고, 기력이 많이 저하 되었을 때쯤 휠체어로 생활하는 방법이 있습니다. 다만 그 적당한 시기를 정하기가 어렵습니다. 어르신들의 건강 상태는 하루가 아닌 오전, 오후로도 바뀌니까요. 최대한 보호자님의 뜻을 반영하도록 하겠습니다."

수시로 겪는 일이긴 하지만, 이런 일을 결정하는데 장단점을 모두 고려하다 보면 어떤 선택이 어르신에게 최선의 요양 서비스가 될 수 있을지 고민하게 된다.

"너무 걱정하지 마세요. 내일 보호자님께 전화 드리겠습니다. 첫날인데 잠은 잘 주무셨는지, 별다른 문제는 없었는지 궁금하실 테니까요."

"제가 내일 전화 드리죠. 잘 부탁드립니다."

보호자의 눈빛이 말했다. 애타는 마음을. 마음과 눈을 하나로 통하는가 보다. 어르신의 입소 첫날 대부분의 보호자에게서 느껴지는 걱정스러움이었다. 우리들이 어렸을 때 부모님이 자녀에게 보였던 그 눈빛이, 지금은 자녀들의 모습이 되었다. 세월이 흐르고 나니, 서로의 역할이 바뀌는 시점이 그리 오래 걸리는 것 같지는 않았다. 나도 곧 내 부모님의 보호자가 될 것이다. 막연히 멀게만 느껴졌던 것이 그날따라 피부에 와닿았다. 밤이 되면 어르신이나 보호자나 잠을 설칠 것 같았다. 어르신은 낯선 환경에서 잠을 이루지 못할 것이고, 자녀들은 아버님의 반대 의사에도 불구하고 그들이 입소시킨 요양원에서 잘 적응해 나가실지 불안하고 불편한 마음일 것이다.

며칠이 지난 후 어르신에게 사이클링 운동을 권유했다. 하지만 어르신은 의욕을 잃은 상태였다. 식사량도 저조했고 프로그램도 침대에서 하는 것만 겨우 응했다. 이곳에서 적응하는 것이 힘들어 보였다. 보호자 역할을 하는 자녀들은 아버님이 하루빨리 새로운 환경에 적응해 나가길 바라며, 당분간은 마음 졸이는 시간을 보내게 될 것이다. 부모나 자녀 모두에게 '보호자'란 역할은 고달프지만 감내해야만 하는 일이었다.

　어르신이 주말에 갑작스럽게 병원 진료를 하게 되면 요양원 측에서 차량 지원을 해줄 수 없는 상황이 생기기도 한다. 그러면 보호자의 차량으로 병원까지 이송해야만 했다. 직장생활에 얽매인 사람들에게 주말은 개인적인 볼일도 보고 한가롭게 보내고 싶은 시간일 것이다. 더군다나 전혀 걷지도 못하는 어르신을 일반 자가용에 태우기란 여간 힘든 일이 아니다. 하지만 자녀들은 아픈 부모님을 위해 보호자 역할을 해야 했고, 휴식에 필요한 황금 같은 시간도 기꺼이 내주었다.
　자녀들은 주말에 가족끼리 외식을 할 때도 요양원에 계신 부모님이 생각나서 찾아온다. 어르신을 모시고 가까운 식당으로 가서 외식을 시켜 드리는 것이다. 항상 먹는 요양원 식사가 질릴 수도 있기 때문에 한 번씩 갖는 외식시간이 어르신들의 기분을 달래주었다. 주말을 이용해 부모님을 집에 모시고 가는 경우도 있다. 많은 시간을 함께하진 못했지만 요양원에 계신 부모님을 잊지 않고, 자신들과 함께 보낼 수 있는 시간을 할애한 보호자들의 마음이 따뜻하게 느껴진다.

　입소한 후 몇 년이 지났지만 엘리베이터 앞에서 수시로 집에 가겠다고 서성이던 어르신이 아들 내외와 현관문을 나섰다.
　"어르신! 아드님 집에 가니까 좋아요?"
　"그럼 좋지!"
　"가서서 맛있는 것도 드시고 잘 지내다 오세요."
　"그래."
　시무룩하던 얼굴이 활짝 피며 호탕하게 웃으셨다. 그렇게 좋을까! 자녀가 그렇게도 보고 싶었을까! 하루 종일 생각나는 자녀들의 얼굴! 유치원에 보낸 아이들이 저녁때가 되어서 데리러 온 부모를 보고 울면서 달려오는 모습이 연상되었다. 가슴이 찡하다.

　세월 앞에 보호자 역할도 바뀐다. 담대하게 보호자 역할을 했던 부모의 마음도 약해지기 마련이라 어르신들은 자녀 앞에서 한없이 나약한 존재가 되고 만다. 자녀들은 어느 순간 맡게 된 보호자의 역할이 어색해서 부담스럽기도 하다. 이런 상황이 닥치기 전까지는 미처 예상조차 하지 못했던 일일 것이다. 하지만 막막하고 불편한 일이라고 물러설 수도 없다. 부모에게 받았던 한없는 사랑을 생각하며 이 정도의 시련은 거뜬하게 견뎌내야만한다. 언젠가 또다시 내 자녀에게 보호자의 역할을 당당하게 넘겨주기 위해서라도 말이다.

우리 삶의 많은 것들이 시간 속에서 바뀌어 간다. 언제까지나 자녀 앞에서 당당한 모습을 보여 줄 것이라 믿었던 부모는 어느 순간부터 자녀의 도움이 필요한 때를 맞이하게 된다. 또 언제부턴가는 보호자를 대동해야 한다는 말을 듣기 시작한다. 씁쓸했지만 받아들일 수밖에 없다. 세월의 흐름 속에서 자연스럽게 맞이하게 된 순리이니 말이다.

부모와 자녀는 그들이 맡게 된 든든한 보호자의 역할을 충실히 감내해야 한다. 자녀들은 보호자란 역할을 통해 부모님의 은혜에 조금이나마 보답해 드릴 것이고 시간이 흘러 내 자녀에게 이 역할을 의탁하게 될 것이다. 우리는 보호자라는 역할을 통해 사랑은 뿌린 만큼 거둬들인다는 진리를 머지않은 시간 내에 확인 할 수 있을 것이다.

엄마 좀 말려주세요

어느새 부모가 되어보니, 자녀들에게 자상한 엄마가 되는 일이 만만치 않다는 것을 알게 되었다. 하물며 몸과 마음이 상처입은 부모님에게 효녀가 되는 길은 더 멀고도 험할 수밖에 없다.

어느 날부터 나는 한 달에 한 번 정도 주말에 당직근무를 하게 되었다. 사무실에서 업무를 보게 되는데, 그 일 중의 하나가 입소문의에 대한 상담이었다. 오전 11시쯤 한 통의 전화가 걸려왔다. 요양원 방문이 가능한지를 묻는 내용이었다. 잠시 후, 40대 초반으로 보이는 여자가 찾아왔다.

"무슨 일로 오셨어요?"

"입소에 대한 것을 문의해 보려고 왔습니다."

"네, 좀 전에 전화주신 분이군요. 이쪽으로 들어오세요."

상담실로 안내했다.

"입소하실 분은 누구신가요?"

"친정 엄마예요."

"지금 어디에 계시나요?"

"제가 모시고 있는데, 주간보호 센터에 다니고 계세요."

어머니의 연세는 70대 후반이고, 자녀는 딸만 셋인데, 둘째 딸인 의뢰자가 3년 넘게 모시고 있다고 했다.

"그렇군요. 어머님 상태가 안 좋아지셔서 입소를 생각하셨나요?"

"엄마가 약물중독이에요. 몇 년 전에 넘어졌는데, 허리뼈가 다 내려앉았어요. 병원에서는 골다공증이 심해서 수술도 할 수 없다고 했어요."

한숨 섞인 말투였다.

"연로하신 분들은 대부분 뼈가 약한 상태라서, 살짝만 넘어져도 골절이 되는 경우가 많습니다."

"그래도 그동안 저희 집에 계시면서, 상태가 많이 좋아졌어요. 처음에 사고 났을 때는 걷지도 못했는데, 지금은 지팡이 짚고 걸어 다니세요."

"그동안 따님이 고생 많았네요. 그런데 약물중독은 무슨 얘기인가요?"

"엄마가 허리가 계속 아프니까 주간보호센터 근처 병원에 다니셨나 봐요. 거기서 허리에 놓는 주사를 맞았더라고요. 언니가 모시고 있을 때도 자주 주사를 맞았는데, 언니는 측은한 생각이 들어서 적극적으로 말리지 못했대요."

보호자는 복잡한 심경을 최대한 억누르며 얘기를 이어갔다.

"저는 언니하고는 성격이 달라서 딱 부러지게 얘기할 건 하거든요. 그래서 엄마가 나한테 들키지 않으려고 몰래 병원을 가신 것 같아요. 엄마는 지병으로 신부전이 있어서 주사요법을 계속할 수 없는 상태인데, 본인이 계속 요구했나 봐요. 의사가 마지못해 저에게 연락했더라고요. 제가 직장을 다니니까, 일일이 쫓아다닐 수도 없어 엄마를 통제하기가 힘들어요. 그래서 요양원에 입소하게 되면 어떨까 생각해봤어요."

딸의 답답한 심정이 나에게도 전해지는 것 같았다.

"약물의존이 습관이 되면 끊기 힘들어지죠. 제가 듣기에도 어머님의 무분별한 약물투여는 자제시켜야 할 것 같네요."

"주변에선 시설등급이 있어야 이곳에 올 수 있다고 하던데요."

"네, 맞아요. 시설등급이 있어야만, 여기에 입소할 수 있어요. 그 절차는 건강보험공단에 문의하면 안내해 줄 겁니다."

"그런데, 막상 엄마를 요양원으로 모실 생각을 하니까 마음에 걸려요. 내가 제대로 모시지 않아서 이렇게 된 건 아닌가 하는 미안함도 들고요."

"따님의 심정은 충분히 이해가 갑니다. 하지만, 어머님이 지금의 생활을 그대로 유지한다면, 건강 상태가 더 악화될 수도 있습니다."

"맞아요, 주사로 인한 부작용이 생겨서 엄마 얼굴이 퉁퉁 부었거든요. 그래서 요즘은 병원도 못 가고 조용하게 계세요."

상담이 진행될수록 따님의 표정은 고뇌로 깊어져 갔다.

"처음에는 입소 생활이 많이 불편할 수도 있어요. 자유롭게 생활하시다가, 제한된 곳에 오시면 답답할 수 있거든요. 하지만, 어머님이나 보호자가 원하면 언제든지 외출이나 외박이 가능하구요, 면회도 수시로 오실 수 있습니다. 요양원 생활이 세상 사람들이 무심코 가지는 편견처럼 우울하고 침체된 분위기만은 아니랍니다. 직원들의 보살핌 속에서 따뜻함도 느낄 수 있는 곳이죠. 일부 잘못된 요양원의 사례와 편파적인 보도로 인해 요양원 전체의 분위기가 어둡게 비쳐지지 않았으면 하는 바람이 있습니다."

설명을 듣자 보호자의 긴장이 조금씩 열어지는 것 같았다.

"네, 시설을 둘러볼 수 있을까요?"

"그럼요, 어르신들이 생활하는 곳은 2층인데, 지금 올라가 보시죠."

엘리베이터에 오르며 걱정하는 의뢰자에게 한마디 덧붙였다.

"예전에 비위 관을 꽂고 와상 상태로 입소했던 분이 있었는데, 몇 달 뒤에는 비위관도 제거하고, 혼자서 걸어 다닐 수 있게 되었어요. 가족들도 놀랄 정도였지요. 규칙적인 생활을 하면서 체계적인 관리를 받으니까 건강 상태가 호전되는 겁니다."

시설을 살펴본 의뢰자는 현관문을 나서며 얘기했다.

"우울한 마음으로 방문했는데, 상담을 받고 나니, 위로가 되네요. 선생님 감사합니다. 전화 드릴게요."

그리고는 내 손을 꼭 잡았다. 보호자의 진심 어린 눈빛이 느껴졌다.

얼마 전에 우연히 TV를 보다가 많은 방송 채널에서 앞 다투어 '치매 보험 상품'을 광고하고 있다는 것을 알게 되었다. 광고는 치매가 환자 자신보다 보호자의 심리적, 경제적인 부분에서 더 큰 부정적 영향을 미친다는 점을 강조하고 있었다. 누구라도 이런 상황에 처하게 되면 공통적으로 느끼는 심정이 있다. 바로 부모님을 끝까지 모시지 못했다는 죄스러운 마음이다. 10여 년 전만해도 자녀가 병약한 부모님을 요양 시설에 맡긴다는 것은 죄스러운 일로 받아들여졌고, 주위의 시선도 곱지 않았었다. '치매'라는 용어조차도 거론되는 것이 불편했고, 가족 중에 치매 환자는 되도록 감추고 싶은 거북스러운 대상이었다. 그렇기에 개인적 고난과 사회적 편견 앞에서 치매 환자와 그 가족은 극복하기 힘든 현실과 온 힘을 다해 줄다리기한다. 그러나 어느 쪽을 택하든 미련과 후회는 남기 마련이다. 선택은 본인들의 몫이지만, 자녀들의 행복을 지켜가야만 부모님의 아픔도 거뜬히 끌어안을 수 있는 넉넉함이 생기지 않을까.

요양원이라는 미지의 세계는 막막하고 두려운 대상으로 다가온다. 이곳을 향해 첫발을 내딛는 사람들에게도 마찬가지가 아닐까 싶다. 입소 상담은 방문이 아니더라도 전화나 요양 시설 홈페이지를 통해서도 가능하니 자신에게 편한 방법을 선택하면 된다. 다만 직접 방문하면 시설의 전반적인 분위기나 환경 등을 살펴볼 수 있어서 좋다. 상담을 통해 무심코 가졌던 불안감을 해소하고, 자신들에게 닥친 현실에 용기를 내어 보는 기회를 가졌으면 한다.

찜질이 안 뜨거워!

"찜질이 안 뜨거워!"

어르신은 무릎 위에 온찜질을 올린지 채 5분도 되지 않아서 타박했다. 나이가 들면 감각이 무뎌져서 뜨거운 것을 잘 못 느끼기 때문이다.

"시간이 조금 지나야지 따뜻한 온기가 올라오죠."

"저번에는 금방 뜨거워졌는데 오늘은 안 뜨시네!"

찜질에 손을 갖다 대 보았다. 따뜻했다.

"여기에 손 대보세요! 따뜻하잖아요."

"그러네! 근데 왜 무릎은 안 따뜻하지!"

"어르신! 아픈 곳이 뜨거운 것을 잘 못 느껴서 그러는 거예요! 너무 뜨겁게 하시면 화상 입을 수도 있어요."

어르신은 내 말에 아랑곳하지 않고 찜질 밑에 깔았던 수건을 모두 걷어 냈다.

"정 그러시면, 수건 한 장만 걷어 드릴게요."

"아녀! 다 빼야 해. 이거 필요 없어!"

한사코 수건을 다 걷어내야 한다고 역정을 냈다. 하는 수 없이 어르신 말씀대로 해 드리고 5분 정도 있다가 찜질을 걷어 냈다. 찜질한 부위가 발그스름하게 변해 있었다.

"어르신! 이것 보세요. 너무 뜨겁게 하셔서 무릎이 벌겋게 됐잖아요."

"괜찮아! 뭐가 뜨겁다고."

어르신은 자신의 판단이 옳다고 생각해 내 얘기를 전혀 들으려 하지 않았다. 이럴 때는 참 난감했다. 어르신의 의견을 존중하자니 혹시 화상이라도 입을까 걱정되었고 내 생각대로 하자니 어르신 고집이 너무 완강했다. 이러지도 저러지도 못하는 상황에서 어르신의 언성은 더욱 높아졌고 일단 찜질 시간을 짧게 하는 걸로 일단락 지었다. 이런 분들에게 온찜질을 할 때는 온도를 잘 맞춰야 한다. 감각이 무디다고 어르신이 빨리 느낄 만큼의 온도로 찜질을 했다가는 화상을 입기 때문이다. 더군다나 노화로 인해 피부가 얇아졌기 때문에 외부의 조그만 자극에도 상처가 나고 짓무르게 되었다. 그래서 유난히 근육량이 적거나 뼈가 튀어나온 부위에는 온찜질 시 수건을 덧대어 주었다.

어르신마다 느끼는 감각이 달라서 온찜질을 하더라도 반응은 천차만별이다. 같은 온도의 찜질이라도 그날 어르신의 상태나 실내 온도에 따라 다르게 느껴지기 때문에 수시로 찜질하는 부위를 들춰보고 열기의 유무를 확인해야 한다. 인지력이 저하된 어르신이라면 정확한 의사표시가 안 되기에 상황을 고려해서 적당한 온도를 맞춰드려야 한다.

몇 주 전에 입소한 어르신은 워낙 다리가 왜소해서 온찜질의 무게를 버거워했다. 그날도 평상시와 다름없이 온찜질을 해 드리기 위해 방으로 들어갔다.

"오늘도 온찜질 잠깐만 해 드릴까요?"

"안 해! 이거 해서 뭐해 걷지도 못하는데!"

"걷기 위해서만 필요한 건 아녜요. 침상에 누워 계시면 다리고 뻣뻣해지고 통증도 생기기 때문에 온찜질을 해서 아픈 것을 낫게 하는 거예요."

어르신은 다리가 불편해 주로 침상에 누워계셨다. 방광 상태가 좋지 않아 '유치 도뇨관'이라는 소변 줄을 달고 생활했는데 이 때문에 거동이 더욱 어려운 점이 있었다. 그러다 보니 거실을 왔다 갔다 하는 다른 어르신들을 보고 괜히 짜증이 난 것 같았다.

어르신은 마지못해 온찜질을 허락했다.

"쪼금만 있다 와요! 이거 금방 식으니까!"

평소에도 찜질이 무겁다는 이유로 오래 하는 것을 원하지 않으셨다. 어르신들의 특성에 따라 온찜질을 하는 시간은 각기 다를 수밖에 없었다. 이 어르신에게는 찜질 시간을 짧게 하고 부족한 치료는 전기치료나 마사지로 대신했다. 겨울철에 각질이 두드러지게 눈에 띄면 아픈 부위는 진통 소염제로 마사지하고 나머지 부분은 로션이나 오일을 발라 드린다. 로션을 바르고 나면 들떠 있던 각질이 한결 매끄러운 피부로 바뀐다.

저번 주부터 무릎 부위에 관절염 주사를 맞는 어르신은 일주일에 한 번씩 3주 동안 치료를 받아야 했다. 퇴행성관절염을 치료하기 위한 주사요법이었다. 상태가 호전되었지만 완전히 통증이 사라진 것은 아니어서 이곳에서 물리치료도 꾸준히 해 드리고 있었다.

"안녕하세요! 잘 계셨어요?"

"그려!"

활짝 웃으며 반갑게 맞아 주셨다.

"무릎에다 온찜질 해 드릴게요!"

"해 주면 좋지! 뜸질하니까 다리가 많이 좋아졌어! 고마워!"

제일 듣기 좋은 말이었고 감사한 얘기였다. 상태가 안 좋았던 어르신이 활기를 되찾고 고맙다는 인사까지 하시니 일하는 보람이 느껴지는 순간이었다. 한 분 한 분 모두가 소중했기에 이곳에서 애정 어린 보살핌을 받고 건강하게 지내시길 바랐다. 어르신들이 늙어가는 것이 아니라 완숙되어 가셨으면 한다.

온찜질을 하고 나시면 '아리가또 고자이마스'라고 항상 얘기해 주는 분도 계셨다. 언제나 싱글벙글 웃고 계시는 어르신은 모든 것에 긍정적이었다. 찜질이 끝나고 다리에 바르는 진통소염제로 마사지해 드리면 언제나 하시는 말씀이 있었다.

"다리가 떨어져 나가는 것 같어!"

이상하게 들릴 수도 있지만 어르신이 표현하는 최고의 찬사였다.

"그렇게나 시원하세요?"

"암만! 선생님은 여기서 더 늙지 말고 100살까지 이대로만 살어!"

분에 넘치는 덕담까지 해주었다. 짜증보다는 항상 웃는 얼굴로 반겨주시는 어르신은 이곳의 보약 같은 존재이다.

세월은 몸의 많은 것을 앗아갔다. 멀쩡하던 눈이 침침해지더니 노안 증세가 오고 결국엔 사물을 얼굴 앞에 바짝 가져다 대지 않고서는 분간할 수도 없었다. 그뿐이랴. 청각 기능이 상실되어 보청기에 의존해야 했고 얼기설기 남아있는 치아를 대신할 틀니도 끼워야 과일 한쪽이라도 씹을 수 있다. 그것뿐만이 아니다. 매운 것은 혓바닥을 따갑게 만들었고 국에 소금을 넣어도 맹탕처럼 느껴졌다. 언제부턴가 아무 냄새도 맡을 수가 없었다. 구수한 고기반찬 냄새도, 옆 침대 할머니 대변 냄새도 맡을 수가 없으니 뇌가 자극받을 일이 줄어들어 감정이 좋았다 싫었다 할 일도 없었다. 이렇듯 하나둘 소실된 신체적 변화는 우리의 삶을 송두리째 뒤흔들어 놓았다.

어느 할머니 말씀대로 '차거운 것은 알겠는디, 따신 건 도통 모르겠어!'라는 얘기가 맞다. 어르신께 노화나 마비증세로 인하감각의 저하로 따뜻한 것을 못 느끼게 된다는 것을 수도 없이 얘기했지만 어르신들은 이해하지 못한다. 아니 이해될 수 없는 일이다. 온찜질을 할 때마다 같은 얘기를 반복해야 했고 최대한 쉽게 이해시키고자 하는 나의 의지는 매번 의욕 상실로 끝이 난다. 하지만 온찜질 후 상태가 좋아졌다는 어르신들의 얘기를 들으면 몇 번이라도 같은 말을 반복하는 일들이 귀찮게만 여겨지진 않는다. 온찜질의 온기가 어르신들의 병약한 몸과 마음까지도 따뜻하게 감싸줄 수 있다면 더할 나위가 없겠다.

아들 전화번호 알아요

스스로 걷지는 못해도 연세에 비해 놀랄만한 기억력을 자랑하는 어르신이 계셨다. 그 어르신에게 물리치료 전에 하는 질문이 있었다.

"어르신! 저 누군지 아세요?"

"알아요!"

무표정 했던 어르신은 금세 얼굴에 화색을 띠우며 대답했다.

"얘기해 보세요."

"물리치료사 ○○○."

나의 직종과 이름을 정확하게 기억하고 계셨다. 내심 놀라웠다. 주로 어르신들 방식인 '찜질하는 선상'으로 불리던 내 직책을 전문용어로 자연스럽게 구사했기 때문이다.

"며칠 지났는데 어떻게 기억하고 계세요?"

"에이! 다 알지요."

이런 것쯤은 별거 아니라는 듯이 얘기했다. 며칠 전 기운 없던 모습은 말끔히 벗어 던지고 정신이 또렷해진 것이다. 그때는 어르신이 나를 전혀 몰라봤었고 질문에도 대답하지 못했었다. 이렇듯 경미한 치매 증상은 그날의 몸 상태에 따라 기억력이나 인지력이 변한다. 어르신 상태가 좋을 때는 매우 평범한 모습으로 보이는 것이다. 특히 오늘은 유난히 활기찬 모습이었다. 어르신은 침대 옆 협탁을 열어서 무엇인가를 열심히 찾고 있었는데, 한참 동안 소지품을 살펴보다 선생님을 불렀다.

"내 핸드폰이 안 보여요."

"잘 찾아보셨어요?"

"아무리 찾아봐도 없어. 아들한테 전화 좀 해줘요."

애타는 심정으로 얘기했다.

"며칠 전에 아드님이 면회 왔다가 가져갔는지도 모르겠네요. 아드님 전화번호 확인해 보고 연락해 볼게요."

"내가 아들 전화번호 알아요. 010-○○○○-○○○○"

어르신은 아들의 전화번호를 불러 주셨다. 옆에 있던 선생님은 설마 하는 생각으로 자신의 핸드폰에 저장된 보호자의 전화번호를 검색했다.

"어르신이 불러 준 전화번호가 맞네요."

선생님들은 놀란 표정으로 서로를 바라보았다. 요즘은 젊은 사람들도 가족이나 친구들의 전화번호를 기억하지 못하는 경우가 많다. 도대체 어르신의 인지력과 기억력은 어느 정도인지 가늠이 되지 않았다.

'치매'라는 질병은 사람을 극과 극의 상태로 휘두른다. 어느 때는 이해할 수 없는 행동과 말로 선생님들을 곤란하게 만들다가도 어느 날은 놀랄만한 인지력을 보이며 영특함을 과시한다. 어느 쪽이 어르신의 진정한 모습인지 현재로선 판단할 수 없다. 어쩌면 두 모습 다 어르신일 수도 있다. 치매 어르신의 세계는 알아 갈수록 알 수 없는 세상이다. 저 너머 그들의 세상에 무엇이 펼쳐질지는 아무도 예측할 수 없으며 너무도 복잡하고 다양해서 감히 파헤칠 엄두조차 낼 수 없다. 요양원 선생님들은 그저 시시각각 바뀌는 어르신의 상태에 적절하게 대처해 나갈 수밖에 없다.

그런 점에서 물리치료를 할 때마다 내 이름을 묻는 것은 어르신 상태를 파악하기 위한 내 나름의 방책이었다. 이름을 기억하는 날은 어르신의 상태가 좋다는 의미기 때문에 더 많은 대화와 적극적인 치료를 할 수 있었다. 하지만 내 질문에 대답조차 없는 날은 어르신의 기력이 저하된 것으로 건강에 문제가 생길 수 있다는 것을 유념해야만 했다.

간단한 질문에도 전혀 대답을 못하시는 어르신이 계셨다. 물리치료를 실시하기 위해 몇 가지 검사와 질문을 해보았지만 입술을 딱 붙이고 나를 쳐다볼 뿐, 아무런 반응이 없었다. 무릎 관절에 뻣뻣한 증상이 보여서 이 부위를 치료해 드리긴 했지만 소통이 이뤄지지 않으니 제대로 치료가 됐는지 몰라 답답한 심정이었다. 우리는 눈빛으로 소통하며 서로의 마음을 짐작해 볼 뿐이었다. 그러다 언제부턴가 어르신께 물리치료를 하며 얘기를 나눴다. 아니 혼자만의 일방적인 대화였고 어르신은 눈을 동그랗게 뜨시고 나를 쳐다보기만 했다. 그러나 왠지 어르신이 듣고 계실 거라는 믿음이 있어 이런저런 얘기를 건네 보고 짤막한 기도도 하곤 했다.

"어르신! 저 그만 가볼게요. 토요일, 일요일 잘 보내세요."

어르신은 늘 그렇듯이 눈빛으로 대답을 했다.

"안녕히 계세요!"

어르신께 손을 흔들었다. 그러자, 놀라운 일이 일어났다. 이불 밑에 꼭꼭 묻어 두었던 손을 힘들게 꺼내서 나를 향해 흔드셨다. 감격의 순간이었다. 어르신의 세계에서 나를 바라보고 계셨고 내 얘기를 듣고 있었다는 사실에 감동한 것이다. 꽤 오랜 시간 동안 어르신들과 지내 오면서 다양한 치매 환자 유형을 보아 왔고 대부분은 파악할 수 있는 모습들이었다. 하지만 전혀 예상치 못한 어르신의 모습을 보면서 인지기능 장애의 미묘한 다양성을 다시 한번 인식하게 되었다. 그 이후로는 어르신과의 대화가 편해져서 더 적극적인 치료도 시도해 볼 수 있었다. 어르신은 온열치료와 마사지 치료 후에 실시하는 관절운동도 거뜬히 따라했다.

"어르신! 손뼉 박수 해 볼게요. 따라 해 보세요."

구령을 붙여가며 손뼉 치기를 유도했다. 너무나 쉽게 따라했다.

"이번에는 손가락 끝으로 하는 거예요."

동작을 바꿔서 시도해 보았다. 손바닥, 손끝, 주먹 동작을 틀리지 않고 정확하게 따라 했다. 나도 모르게 웃음이 지어졌고 신바람이 났다. 어르신들의 인지기능 상태는 대부분 대화나 검사를 통해 평가된다. 그러나 이 어르신은 다른 분들과 달랐다. 말은 하지 못했지만 상대방의 말이나 행동을 인지하고 받아들이며 자신의 생각을 행동으로 표출할 수 있었다. 이런 잠재력을 발휘하실 줄이야!

우리가 어르신을 바라보듯 어르신들도 우리를 바라본다. 말로 소통할 수는 없다 할지라도 눈빛으로 말하고 있다는 사실을 알아야 한다. 어르신들은 우리의 손길이 다정할 때와 매몰찰 때를 분별할 수도 있다. 일련의 경험으로 나는 어르신들이 표현하지 못하고 정상적인 대화도 안 되었지만 느끼고 반응한다는 것을 알게 되었다. 어르신들의 잠재력은 어느 정도인지 가늠하기가 쉽지 않다. 따라서 겉으로 보여지는 모습만으로 어르신들을 쉽게 판단해서는 안 된다. 치매 증상을 보이는 어르신들도 수치심을 느낄 수 있고 상대방의 표정이나 분위기를 알아챌 수 있다. 어르신들이 자신의 감정을 솔직히 표현하지 못하고 목소리를 높이지 않는다고 그들의 권리를 함부로 침범해서는 안 되었다. 그들의 작은 신음소리도 허투루 듣지 말고 모두가 소중한 존재임을 알아야 한다.

어르신들이 어떤 모습을 보일지라도 그들은 존중받아야 한다. 언제 어느 때 맑은 정신으로 다가올지 모른다. 어르신들의 존엄성을 지켜드리는 것이 훗날 우리가 받게 될 존귀함으로 되돌아오지 않을까? 힘없고 나약한 존재이기에 더 관심 가져주고 존중해 주는 사회적 인식이 자리매김하길 마음 깊이 바란다.

3

의지는
시들지 않습니다

아줌마! 담배

며칠 전 요양원 식구가 된 어르신은 두 달 전 뇌경색이 발병했다. 입소 첫날 어르신은 안절부절못하며 침상에서 나오시기를 수차례 반복했다. 마치 어린 아이가 처음으로 엄마와 떨어져 생소한 곳에 온 것처럼 불안해하는 모습이 역력했다. 밤에도 두어 시간 주무시고는 계속 침상에서 내려와 배회했다. 인간의 심리는 남녀노소가 다를 게 없었다. 환경과 사람이 낯설다 보면 누구라도 초조하고 불편하기 마련이다.

입소 당시 어르신은 말도 거의 못 해서 몇 마디 단어 정도만 구사했다.

"밥, 아줌마, 오줌, 밤바(담배)."

하지만, 몇 주가 지나자 상대방의 질문에도 짧은 의사표시를 할 정도로 대화가 가능해졌다.

"밥 주세요!"

"아직 점심시간이 안 되었어요."

"언제?"

"지금은 오전 11시니까 12시 되어야 밥을 드실 수 있어요."

"빨리해야지. 지금 해요."

"조금 더 기다리세요. 밥 준비해서 올게요."

"네."

어르신은 대답하며, 침대에 다시 누웠다. 처음 어르신을 만났을 때를 생각하면 언어 구사력이 많이 늘어났다. 어느 날은 어르신이 물리치료를 끝내고 나가려는 나를 바라보며 얘기했다.

"나는 이름도 몰라요! 나이도 몰라요! 그래서 답답해요. 빨리 알고 싶어요."

어눌한 말투로 나에게 하소연하는 어르신의 얼굴을 제대로 쳐다볼 수 없었다. 가슴이 아려왔다.

"조금만 기다리시면, 이름도 알게 되고, 나이도 알게 되실 거예요."

기억이 회복되는 기간이 얼마나 걸릴지, 아니면 영영 기억이 돌아오지 않을지 장담할 수 없었지만, 어르신께 위안을 드려야 했다. 자신의 심정을 표현하실 정도의 인지력을 여태껏 보이지 않았기 때문에 답답함을 호소하는 어르신의 말씀은 전혀 예상하지 못한 일이었다. 어르신의 절실한 심정을 듣고 나니 갑자기 머리가 복잡해졌다. 어떤 위로라도 해야 하는데 적당한 대답이 생각나지 않았다.

어르신은 갑작스러운 질병으로 기저귀도 착용하게 되었다. 불편하신지 기저귀를 수시로 떼어내는 모습을 보이셔서 상의와 하의가 붙은 옷을 입힐 수밖에 없었다. 기저귀 때문에 불편함을 느끼게 되었지만 생리기능이 제구실을 못하게 되었으니 어쩔 수 없이 받아들여야 했다. 그러나 어느 정도의 요의는 느끼는 것 같았다. 앉았다가 벌떡 일어나서 알아듣지 못하는 얘기를 반복하면 소변이 마렵다는 뜻이었다. 혹시나 싶어서 화장실로 모시고 가면 이미 기저귀가 흠뻑 젖어 있곤 했다.

오늘은 아침부터 어르신이 검지, 중지 손가락을 펴 보이며

"아줌마! 밤바(담배)."

라고 외쳤다.

"여기서는 담배를 피울 수 없어요. 건강을 위해서 담배를 끊으셔야 해요."

"에이!"

실망한 표정이었다. 아마도 발병되기 전까지는 담배를 피웠던 것 같았다. 인지기능이 많이 손상되었지만, 담배에 대한 욕구는 여전히 남아 있는 것 같았다. 계속해서 '밤바(담배)'라는 소리를 내며 초조해했다. 말로만 듣던 금단현상 같아 보였다. 그러나

요양원에서는 금연, 금주가 방침이다. 흡연자들이 금연하기 위해서는 엄청난 노력과 고통이 따른다는데 어르신은 준비기간도 갖지 못한 채 담배를 끊게 되었다. 뇌에 문제를 일으키는 질병은 예고도 없이 많은 것을 변화시켰다. 시간이 흘러 어르신의 담배에 대한 욕구가 하루라도 빨리 수그러들기를 바랄 뿐이다.

월요일에 출근을 하자마자 어르신 방으로 향했다. 양쪽 무릎 위에 온열 찜질을 올려놓고 어르신 옆에 앉았다. 혹시나 하는 마음에 어르신께 질문해 보았다.

"어르신! 이름이 뭐예요?"

"이 ○○!"

내 귀를 의심했다. 사흘 전까지만 해도 자신의 이름을 몰라서 답답해하던 분이 똑똑하게 자신의 이름을 얘기하는 것이 아닌가.

"나이는 몇 살이에요?"

내친김에 이것도 확인하고 싶었다. 이 질문에는 엉뚱한 대답을 하셨지만 이름이라도 알게 되었으니 그나마 다행이었다. 내심 놀라웠다. 이렇게 빨리 이름을 기억해 낼 줄은 미처 몰랐다. 이대로 라면 앞으로 대화가 더욱 매끄러워지고, 인지력도 지금보다 더 회복될 가능성을 기대할 수 있었다.

어제는 치료를 마치고 일어서려는 나를 바라보며 이런 말씀을 했다.

"마누라, 딸한테 우선 통화 급해요. 아가씨하고 와이프 통화하면 좋아요."

아내와 딸에게 전화해 달라는 뜻으로 보였다. 표현은 잘 안 되었지만 정들었던 가족이 생각나는 것 같았다. '가족이 보고 싶다'라며 몇 마디 못하는 서툰 말로 안간힘을 쓰시며 나에게 호소했다.

우리는 내 건강, 내 가족, 내 재산이 언제나 내 곁에 머물 거라 생각한다. 그러나 질병이라는 큰 걸림돌 앞에서는 모든 것이 허무하게 무너져 간다. 갑작스럽게 발생한 뇌 관련 질환은 신체적인 장애뿐만이 아니라 인지기능에도 장애를 일으킨다. 순탄했던 삶은 순식간에 혼란의 세계와 마주하게 된다.

어르신 또한 뇌경색이라는 질환으로 인해 가족은 물론 항상 즐겨하던 담배조차 내려놓게 되었다. 아무런 예고 없이 닥쳐온 새로운 삶의 길로 들어서야 했다. 선택의 여지는 없었다. 졸지에 어르신을 이곳으로 보낼 수밖에 없었던 가족의 심정 또한 오죽했겠는가.

그러나 이제 새롭게 시작된 이 세상에서 새로운 것을 손에 쥐어야 했다. 어르신 손에 무엇을 쥐어 드릴지는 우리가 함께 머리를 맞대고 찾아봐야 했다. 한 가지 분명한 것은 그 손에 희망도 안겨드려야 한다는 것이었다. 잠깐이지만 어두운 터널을 지나고 나면 그 끝에 밝은 빛이 어르신을 기다리고 있을 것이다. 그 깜깜한 터널을 어르신 혼자서 지나가지 않도록 우리가 동행할 것이다. 시간이 지나서 어르신과 가족에게 닥친 시련을 각자의 자리에서 조금 더 편하게 받아들일 수 있기를 희망한다.

걸어서 아들 집에 갈 거야!

건강의 상실은 자신이 소유했던 많은 것들도 함께 포기하게 만들었다. 사회에서 이룬 성취는 모두 내려놓게 되고 무소유의 상태로 돌아갔다. 젊었을 때 이루었던 소유물들이 세월과 질병 안에서 묻혀갔다. 혈기와 자신감도 시들어 버렸다. 하지만 자녀와 함께 지내고자 하는 열망은 쉽게 내려놓을 수 없었다.

한 달 전쯤 입소한 어르신은 항상 무표정이었는데, 말도 없고 질문을 해도 고개만 끄덕였다. 치료해 드리겠다고 권해도 묵묵부답이시거나 별 반응이 없으셨다. 대화를 시도할 생각조차 포기하게 만드는 분이었다. 서비스를 제공하고 싶어도 반응이 없으시니 억지로 권할 수도 없는 상황이었다. 몇 번의 시도를 해 봤지만 결과는 미온적이었다. 소극적인 치료에다 인사만 겨우 나누는 사이밖에 되지 않았다. 각종 프로그램에 참여하자는 권유에도 거절하시는 경우가 많아서 자연스레 침실에 있는 시간이 많아지고 있었다.

하루는 보호자가 물리치료실로 찾아왔다.

"아버지께서 걷고 싶다는 말씀을 하시는데 어떤 방법이 있을까요?"

어르신을 만날 때마다 치료에 대한 거절이 많았고 대답도 신통치 않았었는데 어떻게 이런 말씀을 하셨을까. 전혀 예상하지 못했기에 믿기지도 않았다.

"정 어르신이 원하신다면 치료실에 오셔서 우선 사이클을 타 보시는 것이 좋을 듯합니다."

"네! 부탁드립니다."

"침상을 벗어나 이곳에 오셔서 운동을 하시면 어르신에게 기분전환이 될 수도 있을 겁니다."

다음날이 되어 어르신을 치료실로 모셨다. 어르신은 청각기능이 상실되어서 잘 듣지를 못했다. 왼쪽 귀에다 대고 얘기를 하면 알아들을 수 있다는 말을 들었지만, 전해 들은 대로 해보아도 어르신은 잘 들리지 않는지 대답이 없었다. 이대로는 안 되겠다 싶어서 손짓을 하며 사이클을 가리켰다. 어르신은 그제서 알아들으셨는지 고개를 끄덕였다.

사이클은 치료실 창문 바로 앞에 있어서, 타게 되면 창문으로 바깥 풍경이 눈이 들어 왔다. 그때였다. 어르신의 눈이 번쩍

뜨이면서 '골프장'이라고 외치셨다. 어르신의 얼굴에는 처음 보는 환한 미소가 지어져 있었다. 그리웠던 친구를 오랜만에 만났을 때 피어나는 반가운 얼굴이랄까. 이런 표정도 지으실 수 있구나. 새로운 발견이었다.

"어르신! 골프 쳐보셨어요?"

이번에는 오른쪽 귀에 대고 얘기를 해보았다. 왼쪽 귀보다 오히려 잘 들리시는지 바로 대답이 돌아왔다.

"그럼! 골프 잘 치지!"

어르신은 목을 쭉 내밀고 골프장을 바라봤다. 그 시선은 한참동안 골프장에 고정돼 있었다. 사이클 타는 것도 잊어버리실 정도로 골프장을 마냥 바라보고 계셨다. 아련한 추억이 떠오르는지 운동이 끝난 후에도 자리를 뜨지 않으셨다. 창가 쪽으로 다가가 골프장과 바깥 풍경을 두리번거리시며 바라보고 계셨다. 다음에도 운동하러 오시겠냐는 질문에 흔쾌히 대답했다.

나중에 보호자에게 들은 얘기로는 골프를 참 좋아하셔서 골프장 가시는 일이 취미생활이자 소일거리였다고 했다. 그동안 질병과 싸우시느라 정신없는 시간을 보내셨는데 '골프장'을 보는 순간 건강했을 때의 추억이 생각나셨나 보다. 건강을 잃어 몸도 마음도 쇠약해져서 골프에 대한 생각도 잊어버리고 지냈었는데 가슴속에 꼭꼭 숨겨 두었던 옛 추억이 실타래처럼 풀려 나온

듯이 보였다. 어르신은 자신이 처한 현실에 사로잡혀 희망과 다시 일어 설 용기조차 접어 버렸었다. 하지만, 골프장을 바라보며 다시 예전으로 돌아가고 싶다는 의지가 마음 깊숙한 곳에서부터 솟구친 듯 보였다.

"어르신! 운동 열심히 하셔서 다리 힘 좋아지시면 뭐하고 싶으세요?"

"걸어서 아들 집 가려구!"

어르신은 당연하다는 듯이 말했다.

며칠 전 입소한 할머니는 목소리가 엄청나게 컸다. 그러나 뇌졸중으로 인해 좌측 편마비 증상을 보였고 발음도 어눌해서 어르신이 말씀하실 때는 귀 기울여 들어야 어느 정도 알아들을 수 있었다. 할머니는 요양원 생활에 적응이 어려운지 불평이 많았고 짜증을 잘 냈다. 프로그램에 참석하시는 것도 귀찮아했고 호응도 하지 않았다. 다만 마비된 부위에 물리치료를 권유하면 겨우 응하시기는 했다.

새로운 어르신이 입소하면 처음 며칠 동안은 이곳 분위기에 적응 할 수 있도록 더 신경쓴다. 그런 다음 물리치료에 대한 호응도를 파악하고 서비스 계획에 따라 치료를 해 드린다. 일 주 정도 지나자 어르신은 운동치료를 받고 싶다고 했다.

어르신은 물리치료실에서 사이클을 타기 시작했다. 어깨 근력도 좋은 상태라서 손과 발을 다 같이 이용해서 작동시키는 자전거를 힘차게 굴렸다. 5분 정도 지나서 쉬다가 하셔도 된다고 안내했다.

"힘드시면 잠깐 쉬었다 하세요!"

하지만 어르신은 괜찮다며 계속 페달을 밟고 손을 바쁘게 움직였다. 너무도 열정적이었다.

"어르신! 자전거 타는 게 재미있으세요?"

"재미있어서 하나! 빨리 걸으려고 하지!"

"그렇게 걷고 싶으세요?"

"그래야 걸어서 아들 집 가지. 아들하고 같이 살 거야!"

그랬다. 할머니는 걷게 되면 자녀와 함께 살 수 있을 거라는 희망을 갖고 있었다.

"어르신! 여기서 생활하시는 게 좋지 않으세요? 아들 내외분이 직장 다니시는데 어르신 모시기가 힘들 거예요."

"나는 아들 집이 좋아!"

어르신은 하루빨리 걷게 되어서 아들 집으로 가고 싶어 했다. 아니 걷게만 되면 아들이 어르신을 반겨줄 거라고 생각했다. 이미 대소변도 못 가리는 상태였지만 걸을 수만 있다면 예전으로 돌아갈 수 있으리라는 믿음을 갖고 있었다.

이곳에 오신 몇몇 분들은 집에 대한 그리움을 가지고 있다. 여기에서 지내는 것은 잠시뿐이라고 여기며 건강 상태가 회복되면 다시 예전으로 돌아갈 수 있을 거라는 희망을 안고 지낸다. 그러나 어르신의 자녀들은 대부분 경제활동을 한다. 이런 실정에서 돌봄이 필요한 부모님을 모신다는 것이 쉬운 일은 아니었다. 대소변이나 식사 수발을 하루 이틀도 아니고 장기간 지속하다보면 정신적, 육체적으로 고통이 따르기도 한다. 그래서 자녀들은 신중하게 고민하고 요양 시설을 선택했을 것이다. 여기에서 부모님이 잘 적응해 나가길 간절히 바라면서 말이다.

하지만 어르신들은 자녀나 배우자와 끝까지 함께 지내고 싶어 한다. 자신의 상태가 회복되면 예전에 누렸던 생활로 다시 돌아갈 수 있으리라는 희망을 가지고 하루하루를 버텨나가는지도 모르겠다. 어쩌면 돌아갈 수 없는 길로 떠나 온 처지를 알면서도 자존심 때문에 지금 처한 상황을 순순히 받아들이지 않는 것인지도 모른다. '나는 이쪽 세상에 있을 사람이 아니야. 저쪽 세상으로 다시 되돌아가야 해.'라면서 말이다. 어르신들은 이곳에 자신들을 보낸 가족에 대한 서운한 감정을 억누른 채 다시 예전으로 돌아갈 날만 손꼽아 기다리고 계신지도 모른다. 어르신과 자녀의 심정 모두를 짐작할 수 있기에 그들의 애틋한 마음이 절실하게 느껴진다.

사람들은, 자신들의 옛 모습이 현재보다 좋았다면 그 추억의 늪에서 쉽게 빠져나오지 못한다. 마치 과거를 신봉하듯 현실을 망각한 채 거기에 얽매여 살아가며, 되돌릴 수 없는 허망한 것에 조금이나마 위안 받으려 한다. 그리고 언젠가는 예전으로 돌아갈 수 있으리라는 실낱같은 기대를 품고 살아간다. 하지만, 지금 처한 상황을 인정하고 현실적인 돌파구를 찾는 길이 헛된 시간을 조금이나마 단축하는 방법일 수도 있다. 요양원 어르신들 또한 건강이 상실된 그들의 모습을 하루빨리 받아들여, 지금 이 순간을 버텨가는 최선의 용기를 갖길 바란다.

시대가 바뀌고 있다. 노령화가 급속도로 진행되는 사회에서 연로하신 어르신들이 자녀나 배우자의 부담이 되지 않기 위해서는 어떤 선택을 해야 할까? 노인 돌봄 문제가 개인적인 문제뿐만이 아니라 사회적, 국가적인 사안이 되고 있는 시점에서 이 위기를 어떻게 극복해 나가야 할까? 또한 오늘도 아들 집으로 가기위해 자전거 운동을 열심히 하시는 어르신에게 무슨 말씀을 해 드려야 할까……

　사회에서 어떤 직업을 가졌던지 얼마의 재력을 지녔던지 무슨 취미가 있었던지는 중요하지 않다. 요양원에서는 비슷한 증상을 가지고 같은 공간에서 함께 생활하는 어르신일 뿐이다.

　최근에 입소한 어르신은 젊은 시절 사회적으로 인정받는 위치에 있었다고 한다. 남들이 부러워하는 취미생활도 하면서 90대라는 나이가 무색할 정도로 왕성한 생활을 해왔었다. 하지만, 불과 몇 달 전에 뇌질환으로 쓰러지는 바람에 갑작스럽게 응급실로 실려 가게 되었다.

　"내가 눈을 떠 보니까, 응급실이야. 집에서 아무것도 못 가지고 나왔어. 알몸으로 나온 거나 마찬가지지."

　"그러셨군요."

　"처음에는 손자 이름 아들 이름 하나도 기억 못 했어!"

　"지금은 생각이 나세요?"

"응! 지금은 생각나지. 처음에는 바보였어. 아무것도 생각 안 나!"

어르신은 몇 달 사이에 자신에게 일어난 일들이 아직도 믿기지 않는 모양이었다.

어르신은 특히 사이클링 운동을 꾸준히 했다. 발생된 질환으로 인해 하지 근력이 저하되었고 보행이 어려워졌기 때문이다. 열심히 운동해서 건강해지면 집으로 가고 싶다고 했다. 어르신은 자신이 처한 상황에서 금방 벗어날 수 있을 거라는 기대를 갖고 있었다. 하지만 현실은 그리 만만하지 않았다. 뇌질환이 발생되면 약물치료를 하게 되는데, 완벽한 치료법이라고 여기고 안심할 수는 없었다. 어르신의 상태에 따라서 재발하는 경우도 있기 때문이다. 예전의 모습으로 돌아가기는 어려운 상황이었지만 그래도 어르신에게 희망을 드려야 했다. 난청에다 보행이 어려운 상태였지만, 과거의 건강했던 모습으로 돌아갈 수 있을 거라는 믿음을 주는 것은 어르신께 살아나갈 힘을 실어 주는 일이었다. 믿음은 나약한 어르신이 버틸 수 있는 생명수가 되었다.

지난 주 토요일에 입소한 한 어르신은 지속적으로 집으로 가고 싶다는 의사를 보였다. 몇십 년간 살던 집을 떠나서 갑자기 옮겨온 곳이 처음부터 마음에 들리는 만무했다. 아직은 모든 것이 낯설고 불편했기 때문에 이곳 생활에 적응하는 데는 시간이 필요했다.

"나 여기서 나가야 해요."

"어르신! 어디로 가시려고요?"

"나 살던 집으로 가렵니다."

"어르신 혼자서 밥하고 목욕도 하면서 지낼 수 있으세요?"

"나도 밥 할 줄 알지. 목욕도 탕에다 물 받아서 하면 되고. 뭐 할 것 있나."

"어르신 혼자 계시다가 다치기라도 하면 어쩌겠어요. 옆에서 돌봐 줄 사람이 있어야지요."

"그런 거 필요 없어! 딸한테 전화나 해 줘요!"

어르신의 말씀은 완강했다. 이곳의 어르신들은 마음은 무엇이든지 할 수 있고 혼자서도 지낼 수 있다고 생각한다. 몸이 내 뜻대로 안 된다는 것을 인식하지 못하는 것이다. 새로운 환경에 적응해 나가는 시간은 제각각 다르겠지만 빨리 포기하기에는 어르신의 자존심이 허락지 않았다. 내가 처한 상황, 앓게 된 질병을 인정하고 싶지 않았고 나 혼자서도 거뜬히 지낼 수 있다는 것을 자녀들에게 보여 주고 싶어 한다. 다시 돌아가기에는 너무 먼 길을 와버렸는데도 지나 온 길에 미련을 버리지 못하는 경우가 많았다. 이 어르신도 얼핏 보기에는 어느 정도의 대화가 가능해 문제가 없어 보였다. 그러나 치매 증상이 점점 심해졌고 밤에도 잠을 안 자고 소리를 지르는 바람에 가족들이 곤란을 겪었다고 했다. 상황이 이러하다 보니 이곳으로 모실 수밖에 없었다. 그러나 이곳이 마음에 들지 않는 어르신은 식사를 거부하기 시작했다.

"나 밥 안 먹으렵니다. 이거 도로 가져가요."

"식사는 하셔야죠. 나중 되면 배고프세요."

"다 필요 없어!"

강하게 거부하는 어르신에게 억지로 식사를 드시게 할 수는 없었다. 대신 빵과 두유를 권해 보았고, 다행히 빵은 몇 조각이라도 드셨다. 그러다 반찬으로 생선이 나왔던 어느 날 어르신이 드디어 젓가락을 들었다. 평소에 즐겨 먹었던 생선요리가 어르신의 구미를 당긴 것이다. 다음날도 특별히 생선 반찬을 챙겨드렸다. 역시나 식사를 남기지 않고 식판을 말끔히 비워냈다.

"어르신! 생선이 그렇게 좋으세요?"

"생선 많이 먹고 살았지."

"다음에 또 갖다 드릴게요."

"그러면 좋지만, 나만 생각할 수 있나."

불편한 마음이 들어 식사가 내키지 않았던 어르신이었지만, 생선반찬을 보는 순간 입맛이 돌아온 것 같았다.

'결벽증'에 가까운 증상을 보이는 어르신이 계셨다. 식탁 위에 떨어진 음식물은 먹지 않았고 양치질을 하는 데도 얼마나 꼼꼼하게 닦는지 30분이나 소요됐다. 한 날은 턱 주위에 피부질환이 생겼다고 짜증을 내셨다. 그 이유가 기가 막혔다. 용변이 묻은 기저귀가 담긴 쓰레기통을 실수로 만지는 바람에, 자신의 얼굴에 발진이 생긴 거라며 철썩 같이 믿고 계셨다. 평소에도 워낙 주장이 강한 분이셔서 그 어떤 선생님도 그녀 앞에서는 반박할 엄두조차 내지 못했다. 간식으로 나온 빵도 반으로 잘라서 가져다 드리면 도로 밀쳐 내셨다. 뜯지 않은 봉지째로 주길 원했다. 간식으로 나온 계란도 껍질을 벗기지 않고 그대로 드려야만 좋아했다. 후원으로 딸기 간식이 나온 날에도 어르신의 깔끔함은 여전했다. 딸기를 접시에 담아서 가져갔는데 한 개가 식탁으로 떨어진 것을 본 어르신이 말했다.

"나 이거 안 먹어!"

"왜 그러세요?"

"나 원래 식탁에 떨어진 거 안 먹잖아!"

어르신의 증상을 이미 들어서 알고는 있었지만 이 정도일 줄이야. 나이가 들면 결벽증도 사그라들 것 같지만 그 증상은 도리어 심해지는 것 같았다. 어르신은 지저분하거나 더러운 것을 참지 못했다. 이 어르신의 기분이나 기호를 맞추는 것은 여간 힘든 일이 아니었다.

젊었을 때 가지고 있던 습관이나 취향을 이곳에서 유지하기에는 애로점이 있다. 하지만 몸이 병들고 쇠약해지더라도 어르신들의 의지만큼은 확고부동했다. 내 뜻대로 내 마음대로 해야만 직성이 풀렸다. 양보도 없었다. 자신이 처한 상황은 뒷전이었다. 아니 개의치 않았다. 오직 일방통행이었고 아무리 설명하고 애써 본들 소용이 없었다.

그들의 세계는 굳게 닫혀 있는 단절된 세상이라 출입을 허용치 않는다. 두드리면 두드릴수록 더 세게 더 굳게 문을 잠가 버리는 것이다. 마음은 굴뚝같은데 몸은 맘대로 할 수 없으니 참 엇박자이다. 나이가 들면서 몸과 마음이 발맞춰 나가면 좋으련만, 불협화음은 끝도 없이 펼쳐진다.

어르신들의 의지를 인정하고 수용하는 것이 그들과의 마찰을 최소화하는 길이 아닐까. 기존의 잣대가 아닌 그들의 눈높이에 맞춘 새로운 잣대가 필요하지 않을까. 우리는 끊임없이 보편화된 잣대 대신 조율 가능한 잣대를 만들어 내야 한다. 그들이 터무니없는 말씀과 행동을 하더라도 은근슬쩍 자신들의 한계를 인정할 때까지, 우리는 참고 기다려 주는 노력을 게을리할 수 없다.

기저귀 찼어도 화장실에서 눠야 해!

나이가 들어가면 외모의 변화뿐만 아니라 신체 내부의 기능도 쇠잔한다. 그중에서도 생리적인 기능이 소실되면 기저귀를 사용해야만 한다. 대소변을 처리하는 것이 먹는 것만큼이나 중요한 일이 된다는 것은 그 기능이 소실되었을 때 절실히 드러난다. 기저귀를 착용하고 생활한다는 것은 그리 만만한 일이 아니다. 본능적으로 벗어버리고 싶을 만큼 답답하고 견디기가 힘들다. 무의식적으로 손이 가기 때문에 번거로운 일들이 자주 생겨났다. 어르신들이 기저귀를 수시로 떼어내는 바람에 침대 시트에 소변이 묻거나 대변을 손으로 만져서 여기저기 묻히는 바람에 선생님들이 곤욕을 치르는 경우도 있었다. 어찌 되었건 '기저귀'라는 물건은 유용한 면도 있지만, 어르신들에게는 꺼림칙한 도구로 여겨지기도 한다.

불안정한 보행으로 인해 얼마 전에 낙상이 발생되어 옆구리

골절을 입은 어르신은 침상에서 대소변을 해결해야만 했다. 지금껏 화장실을 이용했던 어르신은 휴대용 간이 변기도 불편해서 기저귀를 채울 수밖에 없었다. 어르신도 처음에는 잘 적응해 가시는 듯 보였다. 하지만 10일 정도가 지나자 마음대로 침상을 내려와서 휠체어에 올라타고는 화장실로 향했다. 대소변이 마려운 느낌을 알기 때문에 화장실 가는 것이 가능했다. 어르신은 기저귀에는 도저히 용변을 볼 수 없다고 얘기하시며 수시로 자신의 의사대로 화장실을 들락거렸다. 호출 벨을 눌러 달라고 누누이 당부 드렸지만 어르신의 고집을 꺾을 수는 없었다.

한 달 정도가 지나 옆구리의 통증이 거의 사라진 뒤에는 워커를 이용해 화장실로 이동했다. 새벽이나 밤에는 분별력이 저하되어 낙상의 위험도가 높아지기 때문에 침상에서 기저귀를 사용하는 방법을 권해 드렸지만 어르신은 단번에 거절했다. 자신이 원하는 대로 마음껏 이곳 생활을 누렸다.

결국 어느 날 새벽에 화장실에 다녀오다가 낙상이 발생됐다. 평소에 골다공증이 있었던 어르신은 허리와 어깨 부위에 심한 골절상을 입었다. 몇 달 동안 입원치료를 받던 중 욕창이 생겨났고, 상처 부위가 점점 늘어남에 따라 건강 상태는 더욱 악화 되었다. 어르신은 끝내 요양원으로 돌아오시지 못했다. 기저귀를 차는 것에 습관을 들였다면 상황이 어떻게 되었을까. 어디에 어떤 위험이 도사리고 있는지 전혀 눈치채지 못하는 어르신들이기에 기저귀로 인한 갈등은 끝없이 계속된다.

하루에도 몇 번씩 기저귀를 만지고 변을 끄집어내는 바람에 '우주복*'을 입게 된 할머니가 계셨다. 그 방의 다른 어르신을 물리치료하기 위해 들어선 순간 어르신의 원망 섞인 울부짖음이 들려왔다. 목청도 큰 데다 계속되는 고함에 다른 어르신들의 불만이 이만저만이 아니었다.

"야! 이것들아! 왜 이런 것 입혀났어! 내가 뭘 잘못했다고 이런 걸 입혀놔! 이거 벗겨라!"

"저 할머니 좀 내보내! 새벽부터 저 날린다……. 아이구, 시끄러워서 못 살겠어!"

평소에 짜증을 많이 내시던 어르신이 자극을 받으셨는지 한말씀했다. 건너편에 있는 어르신은 평소에도 워낙 말수가 없는 편인데도 기운 없는 표정으로 한마디 거들었다.

"저 옷 입혀 났다고 고함을 치는데 다른 데로 보냈으면 좋겠어."

그 정도로 어르신의 고함은 방 안 가득 울려 퍼지고 있었다.

---

* 상의와 하의가 붙은 옷.

"간호사! 간호사 아니여!"

나를 간호사로 착각했나보다.

"어르신! 저는 간호사가 아니예요. 뭐 때문에 그러세요?"

"그려! 내가 눈이 어두워서 잘 몰라! 이것 좀 벗겨줘! 나 여기서 나가야 혀!"

"저는 해 드릴 수가 없어요!"

"그런 소리 말어! 우리 딸한테 얘기해서 나 좀 데려가 달라고 해!"

아까보다 더 큰소리로 울먹였다. 밖에서 듣고 있던 선생님이 방으로 들어왔고 마지못해 어르신의 옷을 벗겨 드렸다.

"기저귀만 안 떼시면 이런 옷 안 입으셔도 되잖아요!"

선생님들의 마음을 아는지 모르는지 어르신 옷을 벗겨 드리고 나니 고함이 멈춰졌고 방안을 평온을 되찾았다. 기저귀를 벗어버리는 어르신의 습관이 쉽게 고쳐지진 않겠지만, 다른 어르신들을 위해서 더 이상 우주복을 입힐 수는 없었다. 대신 선생님들의 손이 더 바삐 움직일 수밖에 없었다.

처음에는 기저귀를 착용하다가, 상태가 좋아져서 화장실을 이용해 용변을 보시는 분도 있다. 기저귀가 불편하다는 심정을 어눌한 발음이지만 늘 얘기하는 어르신이 계셨다. 시간이 흐를

수록 기저귀에서 벗어나고 싶은 어르신의 욕구는 강해졌고, 선생님들은 어르신이 요의를 느낄 때마다 화장로 이동 시켜 드리기로 했다. 하지 근력이 어느 정도 있었기에 스스로 화장실 변기에 앉는 일이 가능했다. 기저귀의 불편함에서 벗어날 수 있었으니 잘된 일이었다. 반면에 걱정되는 일도 생겨났다. 선생님들이 바쁜 시간에는 어르신이 도움을 청하지 않고 혼자서 화장실을 이용했던 것이다. 신체 근력이 좋은 편인 어르신이었지만 옆에서 보기에는 불안했다.

"괜찮어! 할 수 있어!"

말씀은 그렇게 하셔도 안심할 수는 없었다. 이곳에서는 단언할 수 있는 일보다 예기치 않는 일들이 훨씬 더 우위를 차지했다. 크고 작은 사건들이 방심의 틈을 여지없이 공략하기 때문에 걱정을 떨쳐 버릴 수 없었다. 완벽이란 결코 존재할 수 없는 세상이었다. 그저 하루하루를 지켜내기 위해 각자에게 맡겨진 역할을 충실히 해 나갈 뿐이었다. 그것뿐이었다. 어르신들이 아무탈 없이 하루를 보내는 것만으로도 최선의 날이 되었다. 그리고 나면 선생님들은 안도의 한숨을 내쉬었다.

요의를 느끼기는 하지만 팬티형 기저귀를 착용해야 하는 경우도 있었다. 우측 편마비 증상을 보이는 어르신이었다. 이 어르신은 워커를 이용해 원활하게 보행했기 때문에 하루에도 수십 번씩 방과 거실을 누볐다. 그러다가 요의를 느끼면 화장실로 가서 용변을 보셨다. 착용한 팬티 기저귀를 내리고 스스로 화장실을 이용했다. 그렇다고 아예 기저귀를 안 할 수는 없었다. 노화로 인해 괄약근이 약화되어 요실금이나 변 실금 증상이 나타날 수 있었다. 어르신은 너무도 활발하게 움직이셔서 기저귀가 허리춤에서 다리로 이탈할 때가 많았다.

"어르신! 기저귀가 너무 내려 왔어요. 다시 올리세요."

어르신은 선생님 목소리를 알아들었지만 아무 말 없이 엉덩이에 걸쳐져 있는 기저귀를 끌어 올렸다. 선생님들은 수시로 기저귀 위치를 살펴보고 채워 드려야 했다. 그렇더라도 어르신이 잔존능력을 사용하실 수 있도록 스스로 할 수 있는 일들을 대신 해주지는 않았다.

먹고 배설하던 것이 너무도 자연스럽게 여겨지던 세월들이 훌쩍 지나가면, 단순한 생리적 현상을 해결하는 것도 버겁게 느껴지는 순간이 다가와 버린다. 세월은 그렇게 많은 것을 잊어버리게 하고 무력하게 만든다. 용변을 가릴 수 있다는 것이 어르신에게 무척이나 소중한 잔존능력이라는 것은 누구도 부인할 수 없을 것이다. 이 기능이 제대로 되지 않으면 어쩔 수 없이 기저귀를 착용하게 된다. 기저귀는 어르신들에게 절실히 필요한 물품인 반면에 너무도 걸리적거리고 답답해서 떼어 버리고 싶은 애물단지기도 하다. 어쩌면 기저귀에서 해방되는 길이 어르신들의 가장 큰 소망 중의 하나가 아닐까 싶다.

배설기능이 회복되어 어르신이 스스로 용변을 볼 수만 있다면, 그것을 위해 우리가 해야 할 어떤 수고도 아끼지 않아야 한다. 다만, 어르신의 생명을 위협하는 선을 넘지 않도록 단계를 조절하는 것이 필요하다. 노화가 되더라도 먹고 배출하는 기능만이라도 건강하게 유지될 수 있다면 노년이 그리 힘겹지만은 않을 것 같다.

내 나이가 84살인디 70밖에 안 봐

치료하러 가면 항상 요일을 묻는 어르신이 계셨다. 이 날도 어김없이 무슨 요일인지 궁금해했다.

"오늘이 수요일인가?"

"아니에요. 목요일이에요."

"그래! 난 수요일인지 알았네!"

다른 어르신께 치료해 드리고 났을 때쯤 어르신은 똑같은 질문을 되풀이했다.

"오늘이 목요일인가?"

"네! 목요일 맞아요!"

"아침에 원장님이 와서 나보고 예쁘다고 했어!"

"그래요! 기분이 좋으셨겠네요. 오늘따라 얼굴이 좋아 보이세요."

"그치. 내 나이가 84살인디 남들은 70밖에 안 봐!"

어르신은 기분이 좋으셨는지 자랑을 늘어놓았다.

"좋으시겠어요! 어르신은 몇 살까지 살고 싶으세요?"

"난 100살까지 살고 싶어!"

조금은 겸연쩍은 얼굴로 나지막하게 얘기했다.

"선생님은 150살까지 아무데도 아프지 말고 건강하게 사셔!"

이 말은 어르신이 기분 좋으실 때마다 선생님들에게 건네주시는 덕담이었다.

"어르신! 150살까지 사는 건 힘들어요! 90살까지라고 얘기해주세요!"

어르신 말씀에 맞장구쳐 드렸다. 비록 심신이 불편해서 이곳에서 지내게 되었지만 삶에 대한 집착은 누구보다 앞서는 분이었다. 대부분 어르신들은 우울하고 몸도 여기저기가 아프다보니 빨리 죽고 싶다는 얘기를 주로 한다. 이렇게 삶에 대한 의욕이 없는 분들을 보면 안타깝다. 여러 분야의 전문적인 서비스를 받으며 어르신들이 정신적, 육체적으로 하루빨리 회복되기를 바라는 마음인데, 죽음을 생각하는 걸 보면 나도 모르게 우울해진다.

그렇기에 이곳에서는 오히려 자기 외모에 대한 자신감과 의욕을 왕성하게 보이는 분이 신선하게 다가왔다. 노년기 우울증에다 육체적 고통까지 더해져 '희망'이라는 단어를 꺼내기도 힘든 상황이었지만 어르신에게는 '소망'이 자리 잡고 있었다. 나이가 들어도 항상 예쁘게 보이고 싶은 여자의 마음은 변색되지 않았다. 그러니 더 오래 살고자 하는 의욕을 가지는 것이 당연했다. 심신이 나약하고 병들었을지언정 '기대'까지 저버리진 않았다. 기대는 젊고 건강했을 때만 느끼는 감정이 아니며, 신체의 고통이 마음마저 병들게 하지는 않았다. 몸이 늙었다고 생각까지 쇠퇴하지는 않는다는 것을 알았다. 세월이 흘러서 '노인'이라는 호칭으로 불리어도 자기 나이보다 젊게 보이고 싶은 마음은 변하지 않나 보다.

세상을 살다 보면 나이 때문에 제약받는 것들이 너무 많다. 사회생활이나 수많은 제도가 그러했다. 내 스스로도 단정 짓고 선을 그었다. 그래서 나도 모르게 나이 제한에 물들어 버렸다. 세월이 갈수록 관행적인 사고에서 벗어나지 못하고, 스스로 단정 지은 그곳에서 얽매여 살고 있었다.

어떤 시도를 하기 전에 가장 좋은 핑곗거리는 '나이'를 들먹이는 것이었다. 용기 없는 자가 피난처로 이용하거나 구실로 삼기에 이만한 것이 없었다. 나이가 많다는 것은 상대방이나 나에게 가장 설득력 있는 이유가 될 수 있었다. 어쩌면 실패가 두려워서, 용기가 나지 않아서, 안락함의 유혹을 극복하지 못해서 나이를 방패막이 삼아 변화를 꿈꾸지 않았는지도 모르겠다. 그러나 세상의 고정관념을 넘어서면 해보고 싶은 일들이 무척 많아질 수도 있었다. 그래서 서슴없이 한 발을 내디디고 싶을지도 모른다. 청춘은 스스로 만들어 갈 수 있다는 열정을 분출할 수도 있다. 늘 예쁘고 젊어 보이고 싶은 할머니의 소망은 이곳에서 빛을 발했다. 누구나 세상의 틀에 맞춘 자신의 한계를 넘어서는 순간, 그들의 삶은 새롭게 조명될 것이다.

옷이나 머리 모양을 항상 눈여겨보시는 어르신이 계셨다. 옷에 대한 관심이 유별난 분이었다.

"오늘 입은 블라우스 이쁘다! 나도 예전에 이런 하늘하늘한 옷들 많이 입었었는데. 이리 와 봐! 한 번 만져보게."

"그래요! 어르신도 이런 옷을 좋아하셨구나!"

"그럼! 나 이런 것 많이 입었어! 바지도 빨간색, 노란색 입고 다녔었지!"

"멋쟁이셨네요!"

"예전에 짧은 치마 입고 다니면 이쁘다는 소리 많이 들었어! 지금은 이 모양이 되었지만!"

어르신은 잘나갔던 옛 시절이 그리운 것 같았다.

"나 예전엔 피부 좋다는 소리도 많이 들었어. 지금은 기미가 생겨서 이렇지만!"

"그래요! 얼굴이 건조해 보이시는데, 로션하고 오일 발라드릴까요?"

"그럼! 좋지!"

반색하며 좋아했다. 피부가 촉촉해지니 어르신 얼굴이 화사해 보였다. 가꾼 만큼 효과를 본다는 말은 어디에서나 통할 수 있는 진리였다.

내가 치마를 입고 가는 날에도 어르신의 평가는 반드시 매겨졌다. 그냥 흘려 지나칠 때가 없었다. 그리고 꼭 곁들어 하는 말씀이 있었다.

"나도 예전에 이런 치마 있었는데!"

어떤 때는 머리 모양을 보고 말씀하기도 한다.

"파마가 질나서* 이쁘네! 나도 예전에 이런 단발머리 했었는데."

비록 몸은 지치고 병들어 이곳에 오게 되었지만, 마음은 옛 시절과 현실을 넘나들었다. 어르신에겐 예전의 추억이 너무나 강렬하게 남아 있어서 지나간 기억을 붙잡아 이곳으로 불러 오셨다. 어르신의 지금 모습은 부인하고 싶었고 과거의 예뻤던 그때의 모습으로 대체하고픈 갈망이 절실해 보였다.

---

* '길나다'의 방언. '윤기가 나거나 쓰기 좋게 되다'라는 뜻이다.

어르신은 과거는 과거일 뿐 현재를 대신할 수 없다는 것을 알면서도 건강하고 아름다웠던 시절을 상기시켜 상대방의 호응을 얻어 보려는 헛된 수고를 마다하지 않으셨다. 부질없다는 것을 알면서도 부인하지 못했다. '젊음'은 세월이 흘러도 끝없이 찾게 되는, 욕심내고 싶은 신기루인지도 모르겠다. 손에 금방이라도 잡힐 듯 보이지만, 다가서면 저만치 도망가 버려서 언제나 그 뒤편에서 서성거리게 되니 말이다.

어르신이 지금의 모습도 따뜻하게 감싸 안기를 바란다. 돌이킬 수 없는 과거를 붙잡느라 자신을 외면하고 소홀히 여기지 말았으면 한다. 그녀의 주름살에 지혜가 묻어 있고 휘청거리는 다리엔 세상을 버텨온 경력이 어려 있다. 이 모든 것이 그녀의 귀한 재산이다. 어르신이 웃을 수 있다는 것, 사랑의 눈빛으로 바라볼 수 있다는 것이 나와 상대방에게 소중한 선물이 된다는 것을 하루빨리 알아채셨으면 한다.

똥구멍 아파서 안 먹어

우리 몸의 배설기능이 원활하지 못하면 심한 복통에 시달리거나 다른 질환이 발생할 수도 있다. 이곳에서도 배설 때문에 고통 받는 어르신들이 상당수 있다. 노화로 인해 생리적 기능이 제 구실을 발휘하지 못하는 순간 이곳 세상에서는 가장 기본적으로 관리해 나갈 대상이 된다.

이 어르신은 평소에 심한 변비 증세로 복통을 앓고 계셨다. 그날도 통증이 심해서, 온열 찜질을 해 드려야 할 상황이었다.

"어르신! 배가 많이 아프세요?"

"똥을 며칠째 못 봤더니, 배가 아파 죽겠어!"

인상을 찌푸리시며 통증을 호소했다.

"제가 배 위에 따뜻한 찜질을 해 드릴게요. 이렇게 하면 배가 덜 아프실 거예요."

흔쾌히 배 위에 온찜질을 올려놓게 했다. 한참 뒤 어르신의 상태를 살폈다.

"배 아프신 건 어떠세요?"

"이걸 하고 났더니 배가 덜 아프네. 다음에도 해야겄어. 나는 배가 수시로 아픈 사람이여."

온찜질이 복통을 가라앉힌 듯이 보였다. 그렇게 주말을 보내고 월요일 아침이 되었다. 어르신을 만나러 생활실로 향했다.

"어르신! 저 왔어요!"

"누군가! 혈압 재는 아줌만가!"

"땡! 아니에요."

"그럼 뜸질하는 양반인가!"

어르신은 눈이 어두우셔서 상대방을 목소리로 분간했다.

"딩동댕! 맞았어요."

"그렇잖아도 언제 올라나 기다리고 있었지."

"그러셨구나! 아침 식사는 드셨어요?"

"똥구멍 아파서 안 먹었어! 그만 죽으려고."

"식사를 잘하셔야 똥도 잘 나오죠."

"똥구멍이 찢어지도록 아파서 안 먹으려고."

변 보기가 얼마나 힘드셨으면 이런 생각을 하셨을까. 먹는 것도 중요했지만 배설의 고통이 간접적으로나마 느껴졌다.

"많이 드셔야 똥이 쑥쑥 나오죠. 조금 드시면 쪼금 밖에 안 나와요. 물도 많이 드셔야 하고요."

미지근한 보리차 한 잔을 권해 드렸다. 조금씩 입안에 넣어 드리니 잘 받아 드셨다.

"오늘은 어디에다 찜질해 드릴까요?"

"지금도 배가 살살 아파서 배에다 해야겠어."

배변의 고통은 어르신을 끊임없이 괴롭히고 있었다. 유난히 찜질을 좋아했던 어르신은 그래서 나를 더 반기시는 것 같았다.

침대 옆에는 A4용지로 코팅된 찬송가가 놓여 있었다. 신앙을 갖고 계셨던 어르신은 수시로 찬송가를 부르며 위안을 받았다. 나는 어르신의 두 손을 잡고 기도해 드렸다.

"하나님! 어르신을 알고 계시죠. 똥 눌 때 너무 아파서 고통 받고 있어요. 하루빨리 낫게 해주세요. 식사도 잘하게 도와주세요."

어르신 눈높이에 맞춘 기도였다. 당연하게만 느껴졌던 생리 현상이 어르신 삶의 의욕마저도 상실시킨다는 것에 가슴이 저려 왔다. 소소한 것들에도 이렇게 영향을 받을 수 있구나. 어쩌면 감사할 것이 이렇게도 많았구나.

"어르신! 오늘은 점심, 저녁 다 드셔야 해요. 그래야 똥도 잘 나오고 내일 또 저와 만나죠."

"그래! 밥 안 먹고 죽을라고 했는디, 내일 또 만날라믄 먹어야 하겠네."

"네! 내일 꼭 만나요."

두 손을 잡고 다짐을 받았다. '똥 누는 것이 고통스러워서 죽고 싶다'는 어르신께 살고 싶은 희망을 품게 하고 싶었다. 욕심으로 차 있던 내 가슴에 하나의 벽이 허물어지고 애처로움이 채워지는 순간이었다. 어르신은 내일 나를 만나기 위해 식사를 할 것이다. 그렇게 믿고 싶었다.

간호사와 어르신의 상태를 상의했다. 심한 변비로 복통을 호소하고 배변 시 통증이 유발되는 경우에는 약물이나 관장을 통해 어르신들의 문제를 해결해야 했다. 저녁때쯤 어르신을 담당하는 선생님께 얘기를 들었다. '뜸질하는 양반이 밥을 많이 먹어야 똥이 나온다.'라고 했다면서 식사를 가져오라고 했단다. 일단은 어르신이 식사를 거부하지 않았다니 조금은 안심되었다. 연로하신 분이 식사를 거부하게 되면 기력이 현저하게 저하되기 때문이다. 다른 질환을 동반할 수도 있었다. 어르신의 섭취량과 배설량을 꼼꼼하게 챙기는 이유가 여기에 있었다.

변비로 늘 고생하시는 한 어르신은 배가 아프다며 계속해서 콜 벨을 누르곤 했다. 5분 간격으로 호출 벨을 누르고 선생님을 찾는 바람에 그 방의 분위기는 어수선해졌고 한 방을 사용하는 어르신들도 정신 사나워했다.

"어르신! 왜 이렇게 수시로 부르셔요? 저희들도 다른 일을 봐야 하잖아요."

"관장을 했는디, 똥이 안 나와!"

"금방 나오나요! 조금 더 기다려 보세요."

"저번에는 금방 나왔는디 오늘은 왜 그럴까? 간호사 좀 불러 줘!"

"간호사가 조금 전에 관장해 드리고 갔잖아요. 시간이 더 지나야 변이 나오니까 기다려 보세요."

"그래도 찜찜해 죽겠어!"

어르신은 세상의 온갖 시름을 다 짊어진 양 절박한 목소리로 하소연했다. 배변의 어려움이 이렇게도 사람의 마음을 핍박하게 만드는가 싶었다.

30분 정도 지났을까. 어르신은 다시 호출 벨을 누르며 선생님을 찾았다.

"변이 쪼금 나온 것 같아!"

"네! 봐 드릴게요."

관장의 효력이 있었는지 어르신은 꽤 많은 양의 변을 봤다. 하지만 어르신의 불만을 해소되지 않았다.

"이거 가지고 안 돼야! 병원에 가야 쓰겠어!"

어르신은 변을 시원하게 보지 못했다며 병원에 가서 관장해야 한다고 억지를 부렸다. 선생님들이 어떤 말로 이해시키려 해도 자신의 고집을 끝까지 고수해서 기어코 병원 진료를 가게 되었다. 하지만, 굳이 병원까지 올 만한 상태는 아니라는 진단을 받았다. 병원에서 별다른 조치도 받지 않았지만, 어르신은 배변 상태가 좋아졌다고 말씀했다. 마음의 병이었던가. 한바탕 소동이 일어났으니 어르신이 며칠은 잠잠하게 보낼 것 같았다.

머리에서 발끝까지 어느 것 하나 노화하지 않는 것은 없다. 정도의 차이만 있을 뿐이다. 배변 문제를 안고 있는 어르신들은 주기적으로 때가 되면 몸살을 앓는다. 먹는 즐거움이란 것이 있지만, 배설기능이 원활하지 않아 고통받는 것을 생각하면 식욕이 잠재워질 수도 있겠다는 생각이 든다.

간호사가 배변 관찰 기록지를 꼼꼼히 점검해서 어르신의 배변상태에 따른 조치를 취하지만 만성적인 변비 증세를 가지고 있는 어르신들을 관리해 나가기가 쉽지만은 않다. 수시로 관장을 해야만 하는 경우도 있다. 그래서 이곳에서는 '잘 먹고 잘 누면 오래 산다.'라는 말이 실감 나게 들린다. 섭취량이 적당하고 배변 상태가 좋은 어르신들은 그러지 못한 어르신들에 비해 대부분 건강하게 지내셨고 웬만한 잔병치레 없이 생활한다. 반면에 배설기능이 원활하지 못하면 섭취량이 저조하게 되고 기력이 현저히 저하되어 생명까지도 위협할 수 있는 요인이 된다. 노화가 되더라도 배설기능이 원만하다는 것은 무엇보다도 소중한 자산인 셈이다.

마누라가 언제쯤 오려나

부부가 함께 지내다가 신체적, 정신적 건강상의 이유로 더이상 함께 지낼 수 없는 상황에 놓이게 되었다. 몇십 년을 같이 살아 온 배우자이기에 별안간 떨어져 지낸다는 것은 당사자들에게 극도의 상실감을 안겨 주었다. 원하지 않는 상황 속에서 발생하는 일이기에 더욱 큰 시련으로 다가왔다. 그러나 부부간의 정은 어떤 상황이나 여건 속에서도 이어지나 보다.

이곳에 입소한 어르신들 대부분은 새로운 집으로 이사를 했을 때와 같은 낯섦과 두려움을 갖고 있다. 낯선 환경, 낯선 사람들과 만나고 새로운 것들에 적응해 가는 것이 쉽지 않아 보인다. 이런 마음을 알기에 우리들은 어르신과의 첫 만남에 최대한 밝고 환한 미소로 다가간다. 그나마 다른 시설이나 요양원에서 생활하다가 오신 분들은 적응이 빠른 편이다. 하지만 부부가 오랫동안 함께 지내다가 이곳으로 바로 입소한 분들은 어색한 분위기와 불안감에 휩싸인다. 어르신이 처한 상황을 수긍하지 못하고 보호자가 매일 찾아오기를 기다리며 집으로 가고 싶다는 의사를 내비치기도 한다.

어르신이나 보호자에게는 바뀐 환경을 받아들이기 위한 시간이 필요하다. 어르신과 우리들의 관계도 서먹함을 극복하기 위한 시간이 필요한 것은 마찬가지다.

한 달 전에 입소한 어르신은 아내와 실버타운에서 생활했다고 한다. 하지만 어르신의 상태가 더욱 나빠지고 아내가 수발을 들기에도 역부족이 되어 결국 이곳으로 오게 되었다. 의사소통도 잘되셨고 사물에 대한 인지력도 좋은 편이었지만, 하지의 신체기능이 약화되어 스스로 걷지는 못했다. 나는 반갑게 인사드리고 내 소개를 했다. 어르신은 가운에 꽂혀 있는 명찰을 보시고 자신의 성(姓)과 같다며 미소를 지었다.

"어디 아프세요?"

"다리가 아프긴 한데."

"제가 치료해 드릴게요."

"아니, 다음에 하지 뭐!"

처음이라 서먹한 마음이 드셨는지 치료에 선뜻 응하지 않았다. 그러다 일주일 정도 지난 어느 날이었다.

"어르신! 오늘 날씨가 참 좋네요."

"무릎에 찜질해 줄 수 있나?"

어르신이 먼저 찜질 얘기를 꺼냈다.

"그럼요! 해 드릴게요."

어르신 마음이 조금씩 열리는 것 같아 반가웠다. 온찜질과
전기치료 후에는 다리를 마사지해 드렸다. 치료를 받던 어르신
이 물었다.

"마누라가 왜 안 오지?"

"며칠 전에 다녀가셨잖아요."

"오늘 온다고 했는데 전화기가 없어서 영 답답하네. 마누라
한테 전화 좀 해줄 수 있나."

"제가 생활실 팀장님께 얘기해 볼게요."

선생님들 얘기로는 보는 사람마다 전화해 달라며 보챈다고
했다. 아내와 함께 있지 못하고 자주 볼 수 없는 상황이다 보니
불안하기도 하고 궁금하기도 했나 보다.

그렇게 며칠이 지나갔다. 어르신이 아내에게 갖는 불안감은
점점 의심하는 분위기로 바뀌어 가고 있었다.

"마누라가 뭐 땜에 바빠서 안 오지. 요즘 뭐 하고 지내는지."

"부인께서 몸이 안 좋아져서 병원에 가시느라 바쁘신가 봐
요. 며칠 더 기다리시면 오실 거예요."

어르신은 이곳에서 생활하지만 아내는 바깥에서 자유롭게 살고 있으니 불길한 생각에 지나친 상상까지 하는 것 같았다. 어르신이 최대한 안정을 찾을 수 있는 분위기를 만들어야 했다.

"너무 걱정하지 마세요. 사무실에서 부인께 전화해본다고 했어요."

"그래! 병원 간다는 얘기는 저번에 했었는데."

어르신 마음이 혼란스러워 보였다. 몸은 비록 여기에 있지만 마음은 부인에게 향해 있었다. 예기치 않았던 이별은 그들의 삶을 송두리째 바꿔 놓았다. 인정하기도 받아들이기도 힘든 삶의 불청객이었다. 그렇게 한 사람은 요양원에서 다른 한 사람은 바깥세상에서 살아가는 운명이 되었다. 부부 사이에 정이 더 돈독했다면 상실감도 그만큼 컸으리라.

질병이 언제 누구에게 먼저 찾아올지는 아무도 모르는 일이다. 어떤 예상도 할 수 없다. 누구나 건강하게 오래 살기 원하며, 그렇게 될 수 있으리라는 막연한 믿음 안에서 살아갈지도 모른다. 그것이 착각이라는 것을 깨닫는 시점은 다르지만, 삶의 여정에서 비켜 가기는 힘들다.

어르신이 아내를 조금 덜 생각하고 다른 것에도 관심을 가져보길 바랐다. 자신이 처한 상황을 받아들이고 포기한 것에는 미련을 갖지 않았으면 싶었다. 그래야만 어르신이 조금 더 편해질 수 있다는 것을 알기 때문이었다. 우선 어르신 양쪽 무릎에 전기 치료를 끝내고 로션을 발라 드렸다.

"제가 향기 좋은 로션을 준비해 왔는데, 각질 있는 부위에 발라 드릴게요."

"해봐요."

시큰둥한 표정으로 마지못해 대답하는 것 같았다.

"로션 향기가 어떠세요?"

"좋네. 과일 향기 같기도 하고."

어르신이 싫지 않은 표정을 보이니 다행이었다. 물리치료 때마다 다리에 로션을 발라 드렸다. 그러던 어느 날 어르신이 문뜩 이런 얘기를 꺼냈다.

"이 로션 얼마면 사나?"

"왜 그러세요? 필요하세요?"

"나 말고 마누라 사주려고. 하나 사다 줘요."

"부인 생각 많이 하시네요. 지금도 그렇게 좋으세요?"

"뭐 좋은 건 아니고 그냥 사주고 싶어서."

말씀은 아니라고 했지만 부인을 향한 마음이 느껴졌다. 향기 좋은 로션에 자신의 애타는 심정을 담아 선물하고 싶은 것이었다. 비록 몸은 떨어져 있었지만 부인은 그리워하는 마음은 이미 그곳에 가 있었다.

어르신의 아내가 물리치료실 한 편에 준비해 온 도시락을 풀었다. 그날따라 면회실이 여의치 않아서였다. 그러잖아도 어제부터 어르신은 '집사람이 올 때가 됐는데'라며 기다리는 눈치였다. 보호자는 치료실에 반찬 냄새가 나서 미안하다는 얘기를 잇달아 건넸다. 아내가 정성 들여 만들어 온 음식들을 가방에서 하나씩 꺼내 놓으니 어느새 한 상 가득 차려졌다.

"이거 내가 냉이 캐다가 끓여 왔어요. 향이 좋을 거야."

"맛있네!"

"이것도 먹어봐요! 나이 들수록 야채를 많이 먹어야 돼!"

"그러게."

"이구! 내가 없으면 누가 이렇게 해주겠어!"

아내는 남편을 애잔한 눈빛으로 쳐다보았다.

"그렇지."

마음이 병든 남편은 아내의 마음을 아는지 모르는지 대답은 건성으로 넘기고 먹는 것에만 열중했다. 아니 미안한 마음에 대답을 슬쩍 넘겨 버렸는지도 몰랐다.

"천천히 먹어요. 체할라!"

마치 어린아이 걱정하듯 다정스러운 잔소리도 끊이지 않았다.

"된장국을 끓여 와서 냄새가 더 나겠네. 미안해서 어쩌나."

"걱정하지 마세요. 나중에 창문 열어놓으면 냄새는 금방 빠져 나가요. 편하게 식사하세요."

보호자는 냄새가 마음에 쓰였나 보다. 하지만 너무나 다정스러운 그들의 모습에 냄새는 문제가 되지 않았다. 남편을 위하는 마음이 담겨 있는 도시락이 어느 진수성찬보다 값지게 보였다. 아내의 따뜻한 사랑이 담긴 냉이된장국 향이 오늘따라 구수하게 풍겨 와서 입안에 군침이 돌게 했다.

서로에게 사랑을 전하는 방법은 굳이 거창한 것이 아니더라도 족하다. 그것에 정성과 진실함이 담겨 있다면 상대에게 충만한 감동을 줄 수 있기 때문이다. 작은 것이라도 나눌 줄 알고 소중하게 받아들일 수 있는 여유로운 생각이 감사하는 마음으로 이어지지 않을까? 아내의 정성이 가득 담긴 반찬을 받아 드시는 어르신의 모습에서, 어떤 치료 약보다 강력한 효과를 내는 치유약은 바로 이런 것이 아닐까 하는 생각을 떠올렸다.

백 세 인생

의학의 발전은 인간의 수명을 연장하는 놀라운 공헌을 하고 있다. '백 세 인생'이란 말을 듣기 시작한 지도 꽤 오래전 일이고, 건강하게 장수한다는 것은 축복된 일이다. 이곳도 예외는 아니다. 지병과 인지기능 장애를 가진 어르신들에게도 수명연장의 위력은 발휘되고 있다. 입소 어르신들의 평균 연령은 80대 정도였고, 70대는 '젊다'라는 느낌마저 들었다. 90대 어르신도 꽤 많은 편이었고, 비록 인지기능 장애는 가지고 있었지만 활달한 모습으로 생활하시는 분들도 계셨다. 드물기는 했지만 50, 60대에 알츠하이머성 치매나 알코올성 치매로 입소한 분들도 찾아볼 수 있다.

그해 100세를 맞이한 어르신이 계셨다. 언뜻 보기에는 80대 정도로 보였었는데, 나중에 연세를 알고 나서는 놀라지 않을 수 없었다. 주름살도 별로 없었고, 피부도 깨끗한 편이었다. 어느 정도의 의사소통도 가능했다. 다만, 걷는 것이 불안정하여 휠체어를 이용해 거동해야만 했다.

취미 생활로는 '콩 고르기'를 하였는데 검은콩과 흰콩을 섞어놓고, 같은 색깔별로 골라내는 일이었다. 무료함을 달래 주고 손근육과 뇌 활동에 도움을 줄 수 있는 소일거리였다. 가끔씩은 침상에서 내려오기도 했다. 순식간에 침대 사이드 바(side bar)를 붙잡고 내려와서 바닥에 앉아 있는 바람에, 선생님들을 놀라게 했다. 연세가 드실수록 근육도 빠지고 식사량도 저조해지는 경우가 대부분이다. 거기에다 일반적으로 가지고 있는 질병이 한두 가지 이상은 되기 때문에 와상 생활로 이어지기가 쉬웠다. 하지만, 어르신은 하루 식사량도 적절했고 근육량도 적당한 편이었다. 어떻게 보더라도 도저히 나이를 예측할 수 없는 건강 상태를 보이고 계셨다.

어르신은 한참 동안 콩 고르기를 끝내고 나서 선생님을 불렀다.

"참 잘하셨네요. 내일 또 하세요."

골라놓은 검은콩과 흰콩을 다시 섞어 놓았다.

"에고! 힘들게 골라 났는데, 그걸 왜 갖다 부어."

안타까운 표정으로 얘기했다. 그만큼의 인지력은 된다는 뜻이었다. 어르신의 마음을 배려한다면 보이지 않는 곳에서 골라

낸 콩을 다시 섞어야 했다.

지난여름 어르신의 100세가 되는 생신날이었다. 집안의 많은 친척들이 찾아와서 어르신의 생신을 축하해 주었다. 자녀들이 케이크, 떡, 과일 등을 준비해 와서 요양원 식구들과 나눠 먹으며, 축하 분위기를 돋우었다. 생신을 맞아 오랜만에 모인 가족들은 이야기꽃을 피우며, 화목을 다지는 것 같았다. 생신 다음 날, 물리치료를 하러 어르신 방으로 들어갔다. 평소에 보이지 않던 플래카드가 벽면에 붙어 있었다.

존경하는 ○○○ 여사. 가족을 위해 평생을 희생하신 어머니 사랑합니다. 항상 건강하세요.

어르신에 대한 자녀들의 깊은 감사와 사랑이 담긴 문구였다. 한 세기를 거뜬히 살아내신 어르신의 노고가 고스란히 느껴졌다. '긴 병에 효자 없다'라는 말도 있듯이 오랜 요양 생활로 인해 자녀들의 경제적, 심적 부담이 적잖을 수도 있었다. 하지만, 어머님의 장수를 기쁘게 받아들이고 감사를 전하는 그들의 마음에서 아름다운 향기가 묻어 나왔다. 각박한 세상살이에 지쳐서 부모에게 받은 은혜를 미처 깨닫지 못하고, 잊어버리고 살아온 우리네 삶을 돌이켜 보게 되었다. 어르신 방에 들어갈 때마다 벽에 걸린 플래카드의 문구가 내 마음을 따뜻하게 적셔주었다. 방 안은 이미 포근한 숨결로 구석구석 채워져 있었다.

이곳에는 100세를 앞둔 분들이 여럿 있었다. 2~3년만 있으면 한 세기를 채우는 것인데, 10여 년 전에 비하면 90세가 넘는 어르신의 숫자가 많이 늘어난 편이었다. 인구 노령화로 인해 발생되는 사회적 문제점도 있다지만, 부인할 수 없는 현실로 찾아온 그들의 삶이 온전히 존중받길 바란다. 고귀한 생명 앞에서 섣부른 판단을 내릴 수는 없지 않은가. 사람은 누구나 늙어간다. 우리도 예외는 아니다. 노년이 언젠가 찾아올 것이다. 온갖 질병으로 인해 육체적, 정신적 아픔이 찾아왔더라도 노년은 존중받고 사랑받고 싶을지도 모른다.

일제 강점기에 태어나 6·25전쟁까지 겪으면서 가장 힘들었던 역사의 현장을 누볐던 분들이었다. 우리나라가 이만큼 발전할 수 있었던 원동력이 되었던 세대들이다. 그들의 노고와 땀이 없었다면 지금 세대들이 누리고 있는 혜택은 없었을지도 모른다. 가장 힘들었던 역사의 고비를 훌륭하게 견뎌내고 이겨내셨던 어르신들이 이곳에서 삶의 마지막 부분을 써 내려가고 있다. 그러니 그들이 우리를 힘들게 하고 때로는 지치게 한다고 투덜대거나 짜증 낼 수만은 없다. 그들이 감내한 삶으로 인해 지금 우리가 이 자리에 설 수 있기 때문이다.

올해 95세가 되는 어르신은 나를 볼 때마다 이런 얘기를 했다.

"어젯밤에 몸이 쑤셔서 그만 죽고 싶었는디, 그것도 내 맴대로 안 되네. 이자 죽을 때도 넘었는디"

순간 마음이 답답했다. 자신은 나이가 많이 먹었으니 죽어도 된다는 얘기로 들렸다. 이런 얘기를 들을 때면, 어떤 말로 위안을 해야 할지 곤혹스러울 뿐이다. 육체적 고통이 얼마나 심하면 이런 말씀을 하실까 하는 안쓰러움과 그래도 쉽게 목숨을 포기하지 말았으면 하는 바람이 공존했다. 본심이 아니었더라도 듣고 싶지 않은 얘기였다. 어르신이 작은 희망이라도 품고 삶에 대한 의욕을 부여잡았으면 싶었다. 여전히 느낄 수 있고, 표현할 수 있는 신체의 기능이 남아 있는데 아직은 포기하지 않았으면 싶었다.

얼마 전 입소한 93세 할머님은 목청이 카랑카랑 한데다 의사소통도 가능했으며 기억력도 좋은 편이었다. 워커를 이용한 보행도 거뜬하게 해냈다. 몇 달 전에 할머님과 함께 살던 배우자가 먼저 돌아가시고 자녀들이 모실 형편이 안 되어서 이곳으로 오게 되었다.

"내가 집에 가면 혼자 밥도 해 먹고 할 수 있는데, 이곳에 왜 데려왔나 몰라!"

"혼자서는 지내시기 힘드세요. 식사도 혼자 챙겨 드셔야 하는데. 이곳에 계시면 저희들이 다 해 드릴 수 있어요. 혼자 생활하시기가 힘드시고 위험할 수 있으니까 자녀분들이 이곳으로 모시고 온 거예요."

"내가 왜 못해! 다 할 수 있어! 그까짓 거!"

최근에 요실금 현상도 있고, 수시로 배회를 한다고 했다. 낙상의 위험성이 있어서 자녀분들이 이곳에 모시기로 결정했다. 인지기능 장애가 경미하더라도 스스로의 일상생활이 어려워지면 보호자가 보살펴 드려야만 했다.

부부가 함께 생활하다가 오히려 건강하던 배우자가 먼저 세상을 떠나게 되는 경우도 있었다. 남아있는 쪽은 심리적으로 혼란을 겪게 되었다. 갑자기 바뀐 환경과 주변 사람들로 인해 스트레스를 받고 분노가 표출되기도 했다. 본인이 처한 상황을 받아들이고 안정이 되기까지는 시간이 필요했다.

부부가 해로하고 비슷한 시기에 죽음을 맞으면, 얼마나 좋을

까마는 그러지 못한 경우도 있었다. 수명이 길어지다 보니 나타나게 된 사회적 현상의 일부분이다. 긴 세월 동안 사랑보다는 끈끈한 정으로 서로를 부여잡고 지내온 시간일 것이다. 그 기간이 길면 길수록 서로를 의존하는 마음은 더 깊숙한 곳까지 자리 잡고 있을 터였다. 그래서 배우자를 먼저 떠나보내고, 남겨진 자에게 찾아온 장수는 기쁨보다는 오히려 시련으로 다가 올 수 있다. 남은 자는 그 상실감에서 헤어나기 위해 또다시 몸부림치며 하루하루를 견디어야 한다.

옛날처럼 의학이 미비했던 시절에는 보통 배우자를 일찍 여의고 자녀들과 함께 살아온 분들이 많았다. 하지만 현대 의학의 혜택을 받게 되면서, '백년해로'라는 말은 고사성어로만 접할 수 있는 것이 아닌 현실이 되어가고 있다.

그러나 '백 세 인생'은 부부가 함께 건강하게 이뤄 가야 축복이 된다. 긴 세월을 함께 지내다 보면 고운 정, 미운 정이 듬뿍 들었을 것이다. 이런 삶을 살아오다가 졸지에 배우자를 떠나보내고 홀로 남겨진 자신에게 찾아온 낯선 것들이 쉽게 받아들여지지 않는 것이 어쩌면 당연할 수도 있다. 육체적 질병도 문제였지만 어르신이 겪는 우울감을 극복하고 남은 삶을 꿋꿋하게 버텨갈 수 있도록 돕는 일이 선행되어야 할 것이다.

4

찾아가는
서비스

밥보다 빵이 더 좋아

유난히 빵을 좋아하는 어르신이 있었다. 하루에 세끼 식사로 밥은 거부했지만, 빵과 두유는 마다하지 않으셔서 이것으로 식사를 대신할 수밖에 없었다. 음식을 거부하는 어르신 대부분이 밥이나 죽 종류의 음식뿐만 아니라 모든 음식을 거부하는데 이런 경우는 특별했다. 어쨌든지 빵이라도 드시게 되니 다행스러운 일이었다.

어르신이 처음부터 빵을 좋아했던 것은 아니었다. 원래 죽식(粥食)으로 드시던 분이었는데 어느 날부터 지속적으로 식사를 거부하셨다. 그 바람에 건강상에 문제가 생겨났고, 급격한 기력 저하 증상으로 인해 링거 주사액까지 맞게 되었다. 상태가 조금은 회복되는 듯 보였으나, 식사 거부는 여전했다. 대체 식을 강구하게 되었고, 빵과 영양식 음료를 권해 드렸는데 신기하게도 거부하지 않으셨다. 빵은 카스텔라, 롤 케이크, 머핀 등 부드럽고 다양한 종류로 매일 바꿔서 제공해 드렸다.

어르신은 이곳으로 입소하기 전에는 아들과 지내셨는데, 지금은 자녀의 건강 상태가 나빠져 입원 중이라는 얘기를 들었다. 어르신을 찾아오는 면회객은 거의 없었고 보호자의 보살핌도 받을 수 없는 형편이었기 때문에 요양원 측에서 각별히 신경 써야 할 대상이었다. 다행스럽게도 어르신의 상태는 그 전보다 악화되지 않았다. 그러나 이번에는 무릎 통증이 문제였다. 퇴행성관절염이 발생하여 부종과 극심한 통증을 유발했다. 병원 진료를 통한 관절염을 치료하기 위한 주사요법과 함께 요양원에서 물리치료도 병행했다. 통증은 처음보다는 현저하게 줄어드는 듯 보였다.

나이가 들수록 감각이 둔해지고 미각도 점점 소실되다 보니 웬만한 음식에 맛도 느끼지 못하고 삼키는 기능에도 장애가 생기게 된다. 조금 된밥에도 '입이 까슬거려 못 먹겠다'라는 불평이 나와 되도록 진밥으로 제공해야만 한다. 연세가 들면 유난히 매운맛에 민감하게 반응하며 기피하는 경우가 생겨, 반찬도 최대한 부드럽고 연하며 질기지 않은 재료를 사용하여 맵지 않게 요리한다. 이곳에서는 일반 사람들의 먹거리와 다르게 신경 쓰고 고려해야 할 부분들이 많다. 간식도 최대한 부드럽고 삼키기 좋으며 영양가 있는 종류로 선택한다.

식사를 거르고 영양이 공급되지 못하면, 연로하신 분들의 건강 상태는 현저하게 표시가 난다. 식사량이 좋고 배설 기능이 좋으신 분들이 대부분 건강하게 생활한다. 그래서 이곳에서는 매일 영양소를 고려한 새로운 식단이 짜이고, 제공되는 간식도 달라진다.

물리치료를 끝낸 후 한 어르신께 빵을 드실지 여쭤보았다. 한 번에 드시는 양이 워낙 적었기 때문에 자주 권해 드려야 한다는 것을 알고 있었다. 그래서 치료 후에 빵을 챙겨 드리는 일은 어느덧 내 일과 중의 하나가 되었다.

"빵 드시겠어요?"

"줘 봐!"

마다하지는 않으셨다. 하지만, 드시는 양은 빵 한 조각에 음료 몇 모금이 전부였다.

"조금 더 드세요?"

"안 먹어!"

한번 싫다는 표현을 하시면 그 고집을 꺾을 수 없었다. 빵 대신 초콜릿 과자를 가져와서 권해 드린 적이 있었다.

"어르신 드리려고 과자 가져왔는데, 드셔보시겠어요?"

"그래"

미소를 띤 어르신께 우선 한 개만 권해 드렸다. 평상시에 빵만 드셨는데, 새로운 과자가 입맛에 맞았나 보다.

"맛있어요?"

"응, 다음에 또 줘!"

챙겨 온 과자를 맛있게 드시는 모습을 보니 가끔씩은 새로운 메뉴에 도전해 봐도 괜찮을 것 같았다.

"근데, 저 누군지는 아세요?"

"알지! 뜸질하는 아줌마!"

잊지 않고 들려주는 얘기지만, 항상 들어도 기분 좋은 말이었다. 어르신들은 하루가 다르게 건강 상태에 변화가 생기는데, 나를 여전히 기억해 주시는 일이 감사할 따름이었다. 내 존재가 치료 때마다 어르신께 기억되길 바라는 마음이 욕심이 될지도 모르겠다. 하지만, 세상과 이별하는 순간까지 어르신들의 생각 속에 우리와 나눴던 추억이 고스란히 간직되길 바랐다. 기억의 끈을 놓지 않고 즐거웠던 순간만을 부여잡았으면 싶었다.

"뜸질하는 아줌마가 다음에도 맛있는 과자 갖다 드릴게요."

빵이건 과자건 간에 기력저하 없이 건강하게 지내신다면 어느 것을 드시든지 무슨 상관이 있겠는가!

"내일 또 와?"

"아니요! 낼모레 올게요."

"어디 가?"

"다른 어르신들 치료해 주러 가야 해요."

"그래야지! 나만 할 수 있나. 시간 될 때 와!"

나를 기억하고 기다려 주는 어르신이 계셔서 들뜬 마음과 가벼운 발걸음으로 이곳을 향할 수 있다.

어느 날이었다. 여느 때처럼 물리치료를 마친 후 어르신께 여쭤보았다.

"빵 드셨어요?"

"아니!"

"지금 드릴까요?"

"그려!"

어르신을 흔쾌히 대답했다. 그런데, 빵이 항상 놓여 있던 자리가 비어 있었다. 선생님들 얘기로는 엊그제부터 죽으로 식사를 하신다고 했다. 간식으로 빵은 조금씩만 드시면서 식사량은 늘어나고 있다는 반가운 얘기였다.

밥에서 죽으로 드시다가 결국은 미음도 못 삼키시고 경관식*

---

* 입이나 코로 가느다란 고무관을 넣어 묽은 음식을 소화기관으로 바로 흘려보내 영양을 공급하는 방법.

으로 식사가 바뀌는 경우도 종종 일어난다. 이런 일에 비하면 식사량이 회복되었다는 것은 어르신의 건강 상태가 호전되었다는 의미로 볼 수 있었다. 이런 상태가 진전되어 정상적으로 식사를 할 수 있게 되면 염려되었던 어르신의 건강도 회복될 수 있다.

어르신들의 체력은 점점 소실되어가기 때문에 한 번 기력이 저하되고 합병증이 발생하다 보면, 그 전 상태로 되돌리기가 쉽지 않다. 그래서 어르신들이 조금이라도 이상 증세를 보이거나 의심되는 부분이 생기면 즉각적으로 대처하고 강구책을 마련해야 했다. 어르신들의 신음, 소변이나 대변 색, 기침 소리, 표정, 식사량, 배설량, 체온, 혈압 등 어느 것 하나 놓칠 수 없는 부분이다. 특히나 의사표시가 안 되는 어르신들의 상태는 이 모든 것을 관찰하고 종합해서 판단을 내려야만 한다. 평소에 어르신들마다 가지고 있는 특색이나 지병을 알고 있어야만 다른 점들을 발견해낼 수 있고, 좀 더 정확한 판단을 내릴 수 있다.

이렇듯 연로하신 분들에게는 식사량이 건강과도 직결되기 때문에 매일 점검하고 관리해 나가야 하는 중요한 일들 중에 하나이다. 어르신들의 모든 것에 항상 귀 기울이고 관심을 두는 것은 고귀한 생명을 지켜내기 위한 최선책이다.

노래는 치매를 싣고

요양원 생활의 지루함을 노래로 달래고 있는 어르신은 매일 시청하는 음악 프로그램이 있었다. 그 음악 채널의 단골 시청자였다. 우측 편마비 증세가 있었던 어르신은 좌측 상하지는 자유롭게 사용하실 수 있었다. 뇌질환으로 인해 신체에 마비 증상이 나타났고 이 상태를 지속하다 보니 이제는 신체의 한쪽 편으로만 생활하시는 것에 익숙해져 있었다. 물리치료를 해 드리러 방으로 들어갔더니 TV를 시청하시면서 노래를 따라 부르고 있었다.

"이 노래 아세요?"

"그럼! 웬만해선 모르는 노래 없지!"

미소 띤 얼굴로 노래하는 어르신의 모습을 보고 있노라니 아무런 근심걱정도 없어 보였다. 매번 사회자가 바뀌는 음악프로였는데 가수들이 번갈아 가며 진행을 하고 있었다. 그날 진행자가 처음 보는 신인가수 같아서 어르신께 이름을 여쭤보았다.

"오늘 진행 맡은 가수는 처음 보는데요?"

"아니야! TV에 나온 지 한참 됐어!"

트로트 가수에 대해서는 훤하게 알고 계셨다. 몇 년째 시청하는 프로그램이니 그럴 만도 했다. 이 가수가 발표한 노래에 대해서도 상세하게 알고 있었고, 이 음악 프로도 훤히 꿰뚫고 계셨다.

어르신에게는 자녀들도 있고 형제들도 여럿 있다는 얘기를 들었지만 가족들이 면회를 오는 일은 거의 드물었다. 어떻게 살아 오셨는지 어떤 일들이 있었는지 어쩌다가 이런 질병이 생겨서 이곳으로 오시게 되었는지 자세히 알지는 못했다. 다만 분명한 것은 어르신이 몹시 외로워한다는 사실이었다.

어르신은 평범한 생활 속에서 자신의 터전과 생활이 완전히 다른 삶으로 바뀔 수 있다는 생각은 거의 떠올리지 않고 지내셨을 것이다. 친구들과 많은 곳을 여행하고 먹고 싶은 것도 실컷 먹으며 인생을 즐기셨으리라. 이 생활이 영원히 지속되리라는 막연한 기대를 가지고 말이다. 그러던 어느 날 갑자기 질병이 발생했고 모든 것은 뒤바뀌고 말았다. 자신의 뜻대로 할 수 있는 것들은 사라졌고, 어르신을 중심으로 돌아가던 세상에서 어느 순간 이탈하고 말았다. 허망했지만 돌이킬 수 없는 일이라는 것을 직감했다.

이곳 세상에서 어르신을 위로해 줄 만한 무언가를 찾아야 했다. 그것이 노래였다. 이것이 어르신을 지탱하게 만드는 힘이 되었다. 노래를 통해 온갖 시름을 잠재울 수 있었다. 불편한 신체와 외로움까지 더해져 우울한 생활을 해나가는 가운데 노래는 어르신에게 활력소가 되었다. 음악을 듣고 노래할 수 있다는 즐거움이 있었다. 노래에 모든 원망과 노여움을 실어 보냈다. 음악에 맞춰 춤추는 동안은 불쑥불쑥 밀려드는 슬픔을 잠재울 수도 있었다. 노래로 안식을 찾고 있으니 외로운 처지에 있는 어르신에게는 잘된 일이었다.

어르신은 물리치료를 받는 동안에도 노래를 따라 부르며 흥에 취해 있었다.

"이 프로그램에 유명 가수도 나오나요?"

"그럼! 쫌 전에도 나왔어!"

"그래요. 어르신은 이 프로의 전문가시네요. 저는 그만 가봐야겠어요."

"왜! 이 노래 같이 듣고 가지."

"다른 분들 치료해 드리러 가야 해요."

가지고 다니는 간식 봉지에서 빵 하나를 꺼냈다.

"이거 나눴다가 저녁 드시고 출출하실 때 드세요."

"알았어! 고마워!"

어르신의 활짝 웃는 모습이 보기 좋아서 이 방에 올 때다 간식거리를 챙겨 가지고 왔다. 가져 온 간식을 마다하지 않으시니 매번 챙기게 되었다. 노래를 들으며 어깨를 들썩이고 흥겹게 손을 흔들고 있는 어르신은 이미 모든 시름을 날려 보낸 것 같았다.

　입소한 지 꽤 오랜 세월이 지났건만 수시로 아들 집을 가겠다고 난리를 피우는 어르신이 계셨다. 언제 나타날지 모르는 행동 때문에 선생님들은 한시도 긴장을 늦출 수 없었다. 감정의 기복도 심한 편이었다. 어떤 날은 환하게 웃으시며 반겨 주었지만 그러지 못한 날은 인사를 드려도 대답 없이 울상만 짓고 계셨다. 어르신의 기분을 살펴 가며 대응해야만 했다.

　이런 까다로운 성격에도 웃음 짓는 일이 있었다. 바로 '노래교실'이었다. 일주일에 한 번 씩 외부강사가 진행하는 프로그램은 어르신들의 사랑을 받았다. 어르신이 장단에 맞춰 노래를 따라 부를 때면 천진난만한 아이로 비춰졌다. 프로그램을 끝내고 와서도 여운이 남았는지 새로 배운 노래를 흥얼거리시며 즐거운 표정을 지으셨다.

　어르신의 이런 취향을 알고 있었기에 무료해 보이실 때마다 수시로 노래를 틀어드리거나 휴대용 노래방 기구로 흥을 돋우었다. 어르신의 기분전환을 위한 특효약이 되었다. 어느새 선생님들도 어르신과 함께 노래에 흠뻑 젖어 들었다. 노래는 자연스럽게 사람의 감정을 하나가 되게 만들었다.

행사 때나 생신 잔치에도 춤과 노래는 빠질 수 없는 공연이었다. 남녀를 불문하고 그 분위기에 심취해 있는 모습은 나이와 질병의 한계를 잠시나마 초월하게 만들었다. 노래자랑 시간에 자신의 18번을 구성지게 부르는 할아버지는 평소에 무뚝뚝한 이미지를 단번에 날려 버렸다. 평소에 말씀이 없던 어르신도 노래를 통해 묵혀두었던 외로움을 풀어내셨다. 선생님들의 춤과 노래로 이어지는 순서에는 모두가 한마음으로 다가갔다. 이 순간만은 시간이 멈춰버린 것 같았다. 세상의 모든 번뇌가 정지된 듯 보였다.

노화와 질병은 우울감과 무기력증을 동반한다. 최대한 이런 감정들을 떨쳐 버리기 위해서 어르신만의 해소 방법이 필요하다. 그런 점에서 노래는 어르신의 외로운 삶에 영원한 동반자 역할을 해주었다. 필요할 때면 언제 어디서나 들을 수 있고 부를 수 있다. 나 혼자가 아닌 여럿이 노래를 부를 때면 더 큰 감흥을 자아낸다. 옛 시절 가난한 살림과 힘든 노동으로 시달렸을 때 노래로 위로받고 맺힌 한을 풀었던 것처럼 어르신들이 삶의 끝자락에서도 노래로 고독감을 떨쳐 내시기를 바란다.

죽어도 걷고야 말겠어!

일생동안 걸을 수 있다는 것에 감사함을 느껴 본 적이 얼마나 될까. 연로하신 어르신들에게 스스로 걸을 수 있다는 것은 자부심이자 자존심의 회복이고 살아가는 이유가 될 수도 있었다.

질병으로 인해 신체기능이 저하되면 보행에 어려움을 겪게 되고 보행 장애라는 후유증이 남게 된다. 예전에 스스로 보행했던 기억을 떠올리던 어르신들 대부분은 자신들의 변화된 모습에 실망한다. 맘껏 걸어 다녔던 그 시절로 돌아가기를 간절히 바랐지만 상황은 녹록하지 않다. 열정적인 마음은 예전과 변함이 없었지만 몸을 그 기능을 상실해 버렸다. 보행기전*을 위해서는 많은 노력과 신체적 건강이 뒷받침되어야 하며, 가까스로 보행 능력을 회복하더라도 하루가 다르게 변화되는 건강 상태와 질병으

---

* 보행이 일어나는 현상. 여기서의 기전(機轉)은 일어나는 현상을 의미하는 말로 우리나라에서는 의학용어로만 쓰인다.

로부터 완전히 자유로울 수는 없다. 그렇다고 쉽게 포기하거나 물러서지도 않는다. 어떤 대가를 치르더라도 반드시 걷고야 말 겠다는 의지를 보이는 어르신들이 적지 않다.

최근에 입소한 어르신은 낙상의 경험이 있어서 일상생활에 각별한 주의를 기울여야 했다. 80세가 넘은 연세와 골다공증의 병력은 더욱 세심한 관찰을 필요로 했다. 침상을 붙잡고 설 수 있는 근력이 있었고 본인의 의사를 충분히 표시 할 수 있는 인지력도 되었다. 어르신은 자신의 주장을 강하게 내세우며 공동생활에 필요한 어느 정도의 통제도 거부했다. 수시로 보호자에게 전화를 걸어 이곳 생활의 불만을 털어놓는 바람에 직원들과도 마찰이 생길 수밖에 없었다. 평상시에 어르신의 성향을 알고 있던 보호자는 새로 옮긴 곳에서 일어날 수 있는 상황을 어느 정도 짐작하고 있었다. 하지만 그 수위가 점점 높아질수록 보호자가 겪는 스트레스는 정도를 지나치게 되었다.

주말을 보내고 출근한 날, 어르신 침대 옆에 지팡이가 놓여 있는 것을 발견했다. 사연을 들어보니 어르신이 면회 온 보호자에게 불평을 늘어놓았고, 보다 못한 보호자가 다른 어르신의 지팡이를 빌려서 무리한 보행 운동을 시도했다는 것이었다. 어이 없는 일이었지만 이 문제를 침착하게 대처해 나가야 했다. 우선 보호자와 상담을 했고, 어르신의 상태가 아직은 지팡이로 걸을 수 있는 신체기능 단계는 아니라고 설명했다. 우선 사이클링 운동을 통해 하지 근력을 강화하는 것이 필요하다고 안내했고 당장 오늘부터 실시하겠노라고 얘기했다. 보호자도 흔쾌히 받아들였다. 물리치료실로 모시고 와서 사이클링을 시작했다. 어르신의 운동하는 모습을 사진으로 찍어 보호자에게 전송했다. 보호자의 반응은 기대 이상이었다.

"선생님! 이렇게 신경 써주시니 정말 감사해요. 어머님이 운동하시는 모습을 보니 마음이 놓이네요. 다른 형제들에게도 사진을 전송했어요. 앞으로 잘 부탁드립니다."

운동을 시작한 후로는 어르신이 보호자에게 전화하는 횟수가 줄었다고 했다. 시간이 어느 정도 흐른 뒤에는 워커를 이용한 보행도 가능해졌다. 화장실도 스스로 갈 수 있을 정도로 하지근력이 향상되었다. 하지만 어르신들의 건강 상태는 어떻게 바뀔지 모르기 때문에 어르신께도 조심하라는 당부를 드렸고 보호자에게도 보행으로 발생할 수 있는 문제점을 상기시켰다.

다른 시설에 근무할 때 겪었던 어르신은 하지근력이 어느 정도 남아 있었기 때문에 워커를 이용한 보행 훈련을 해왔었다. 하지만 어느 순간 어르신이 힘이 든다는 이유로 보행 운동을 거부했다. 억지로 시도할 수는 없었기 때문에 어르신의 의사를 존중해 드렸었다. 보행 운동으로 인한 다리의 통증이 걷는 것을 포기할 만큼 두렵게 느껴지셨나 보다. 아픈 부위를 물리치료 해 드렸지만 어르신의 결정을 뒤엎지는 못했다. 걷지는 못했지만 침상에서 안정된 생활을 선택한 것도 어르신의 자유의사였다. 어느 쪽을 선택하던 모범 답안은 되지 않았다. 낙상으로 인한 위험성은 현저하게 줄어들었고 어르신은 스스로가 선택한 결정에 만족하며 지냈다.

고혈압 증상을 가지고 있는 어르신에게는 무리한 운동을 자제시켰다. 과도하게 혈압이 상승할 수도 있기 때문이었다. 그러나 이 어르신은 걷고자 하는 의지가 대단했다. 잠이 안 올 때는 침대 머리를 붙잡고 한참을 제자리걸음으로 운동했다.

"어르신은 다른 분들보다 혈압이 높은 편이라서 밤이나 새벽에 운동하시는 것은 위험할 수 있어요."

"내가 알아서 해요. 걷다가 죽는 한이 있더라도 걸어야지. 걷지도 못 하고 이렇게 사느니 죽는 게 낫지."

어르신의 결심은 단호했다. 평소에 걸어 다니는 분들을 보면서 자존심이 상했을지도 몰랐다. 예전에 노래자랑에 나가서 여러 차례 상을 받을 정도로 노래 실력이 탁월한 분이었다. 그때를 생각하면 걷지 못하는 자신의 모습이 더 답답하게 느껴졌을 것이다.

얼마 전부터는 워커로 보행 운동을 시작했다. 어르신의 얼굴에 전에 보이지 않던 화색이 돌았다. 밝아진 모습이었다. 그토록 갈망하던 보행이 생활의 활력이 되고 있었다. '죽더라도 걷고 싶다'는 어르신의 강한 의지가 보행의 소중한 가치를 일깨워 주었다. 사소한 것들의 소중함을 하나하나 알아가고 깨우쳐 가는 일상이었다. 당연하게 느껴졌던 보행이 어느 누군가에게는 목숨과도 바꿀 만큼 소중한 것이라는 사실이 절실하게 다가온다.

보행은 어르신들의 소망이자 선생님들의 걱정 보따리이다. 보행에 대한 열정은 끝없이 계속될 것이고 죽음을 불사하더라도 걷고야 말겠다는 어르신들의 강렬한 의지는 쉽게 수그러들지 않을 것이다. 선생님들을 이런 어르신들을 바라보면 항상 가슴 떨리는 조바심을 내야 한다. 그들의 마음을 헤아리지 못해서가 아니다. 걷고 싶다는 의지와는 상관없이 낙상사고는 그들을 위협했고 위험은 언제 어디서든 도사리고 있다가 불시에 어르신들을 급습해 왔기 때문이다. 이 모든 상황을 수도 없이 보아왔고 매번 안타까운 심정으로 어르신들을 지켜봐 왔던 선생님들은 더 이상 어르신들이 아파하고 힘들어하는 모습을 보고 싶지 않다.

그러나 선택은 온전히 어르신의 몫이다. 보행은 끊임없이 갈등을 일으키는 요소지만 어르신들에게는 지켜내고 싶은 마지막 보루이기도 하다. 그들의 결정을 최대한 존중해 주는 것도 우리에게 맡겨진 일이다.

먹는 게 낙이야

세상 사람들이 먹는 것으로 스트레스를 해소하고 행복을 얻는 것처럼 어르신들에게도 드시는 것이 가장 큰 즐거움이다. '금강산도 식후경'이라는 말이 생겨난 것을 보면 입을 만족시키고 포만감을 느끼는 것이 사람에게는 무엇보다 우선시 된다는 뜻으로 받아들여진다. 요양원은 하루 일정과 프로그램에 따라서 각기 다른 서비스를 제공하고 있지만, 그럼에도 불구하고 채워지지 못한 그 무언가가 어르신들의 허전한 마음을 여지없이 파고든다.

어르신들은 영양사가 계획한 식단에 맞춰 하루 3번의 식사와 간식을 제공 받고 있지만 그것도 모자라 개인 간식을 드시는 것으로 공허함을 달랜다. 식사 후 한 시간도 채 되지 않아서 또 먹을 것을 찾을 정도로 식욕을 채우고자 하는 본능은 끝이 없었다. 물론 치매로 인해 포만감을 느끼는 뇌의 영역이 손상되어, 이런 증상이 나타날 수도 있었다. 그 원인이 어찌 되었든 간에 이곳에서는 먹는 것과의 투쟁이 끝이 보이지 않게 계속된다.

위암 수술을 받고, 위의 반 이상을 절제한 어르신은 밥으로 식사하기가 어려웠다. 우유나 두유를 드시면 설사 증상이 나타나서 음식도 가려서 섭취해야만 했다. 하루 세끼를 죽으로만 드시다보니 포만감을 느끼는 것은 잠깐이었다. 한두 시간이 지나면 허기가 밀려오고 배고픔이 느껴졌다. 어르신은 선생님들에게 먹을 것 좀 달라고 입버릇처럼 얘기했다. 어르신께 물리치료를 하러 방으로 들어선 순간 투덜대기 시작했다.

"간식이라고 바나나 하나밖에 안 줘! 요거 먹고 간의 기별이나 가나! 먹을 것 좀 줘!"

수시로 하는 얘기였다.

"지금은 먹을 것이 없네요. 다음에 가져다드릴게요. 오늘은 다리에 온찜질 해 드릴게요."

그나마 물리치료 하는 것으로 관심을 돌리니 더 이상 요구하진 않으셨다. 온찜질 후 전기치료와 마사지를 해 드리고 나니, 한 시간 정도 소요되었다. 그사이 배고픔은 잊어버렸는지 활짝 웃으시며 덕담을 건네셨다.

"우리 선생님! 이쁜 선생님! 100살꺼정 아프지 말고 사세요!"

"어르신! 감사해요! 저녁 식사 맛있게 드시고, 오늘 밤에도 편안히 주무세요."

어르신의 병력과 건강 상태를 알고 있는 터라 안타까움이 밀려왔다. 맘껏 먹고 싶지만, 몸에서 받아주지 않으니 딱한 사정이었다. 원 없이 먹을 수 있다는 것이 누군가에게는 절실한 소망이 될 수 있다는 것을 미처 깨닫지 못하고 살아왔다. 자신이 가진 것은 당연시하고 남들이 가진 것엔 끝없는 부러움을 사는 것이 자연스럽게 우리네 삶을 지배하고 있었다. 그래서 감사할 것이 너무도 없는 일상이 되어 버렸는지도 모르겠다.

나이가 들면 신체기능이 저하되고 기력이 쇠약해지기 마련이다. 겉으로 보이는 외모만 늙어가는 것이 아니라, 몸 안에 감춰져 있는 모든 장기들도 노화된다. 소화능력도 떨어지고 미각도 예민해져서 조금만 자극적인 음식을 먹어도 민감하게 반응한다. 젊었을 때는 아무런 거리낌 없이 먹어왔던 음식들이 노화와 질병으로 인해 거부된다. 뇌에서는 먹고 싶은 충동이 간절할지라도, 몸은 이미 음식을 받아들일 상태가 되지 못하는 것이다. 삼키는 기능마저 저하되면 맛을 느끼는 기쁨보다는 생명유지를 위한 대책을 강구해야 한다.

유난히 드시는 양이 많은 어르신은 매 식사 때마다 밥양이 적다는 얘기를 했다. 추어탕이나 설렁탕, 동지 절기에 제공되는 팥죽이 메뉴로 나올 때면 여지없이 더 많은 양을 요구했다. 좌측 편마비로 인해 보행이 어려웠고 휠체어를 이동 수단으로 삼았다. 체중이 늘어나고 있는 상태에서 어르신의 요구대로 식사량을 늘릴 수는 없었다. 침상에서 수시로 하는 운동법을 훈련했지만, 드시는 양을 따라가기에는 부족 했다. 지병인 당뇨로 인해 시력도 차츰 저하되고 있었다.

"뭐 맛있는 것 드시고 계세요?"

"배가 고파서 어제 사다 놓은 떡 먹고 있어! 이게 부드럽고 덜 달아서 좋아!"

시계는 오후 3시 30분을 가리키고 있었다. 점심 식사 후 이곳에서 제공되는 간식도 드셨지만, 배고픔을 달래지는 못했나 보다.

"하나 먹어봐!"

아껴가며 드시는 간식일텐데 선뜻 한 개를 건네주셨다.

"내가 예전부터 뱃고리가 컸어! 젊었을 때는 남들보다 술도 엄청 먹었었는데."

병약한 신체에 비해 위장 기능은 아직도 왕성해 보였다. 어르신은 무료할 수 있는 하루의 일상을 드시는 것으로 달래고 있었다.

먹는다는 것이 인생에 큰 비중을 차지하는 것은 이곳에서도 마찬가지이다. 음식을 거부하는 것도 문제가 되지만 절제 없이 먹는 것에만 연연하는 것도 관리 대상이었다. 거동이 불편해지면 침상에서 생활하시는 시간이 늘어가고 먹는 양에 비해 운동량이 적어지다 보니 비만을 초래하는 경우가 많다. 이런 분들의 특징은 대부분 식탐이 많으시고 자제를 못 하는 경향이 있다.

"내가 이 나이에 먹는 낙이라고 있어야지 무슨 재미로 살겠어!"

하시면서 간식이나 식사량에 대한 조언을 단번에 흘려보내셨다.

어르신의 말씀이 터무니없는 얘기는 아니었다. 몸도 마음도 노쇠해지고 다른 재미를 찾기에는 이미 포기한 세월이 한참 이다 보니 제일 만만하게 취할 수 있는 즐거움이 먹는 것이었다. 이런 낙이라도 가지고 있는 것이 오히려 다행스러운 일인지도 모르겠다. 비록 몸은 비만해지고 건강에는 다소 안 좋은 영향을 끼칠지 모르지만, 식후에 느끼는 포만감이나 만족감이 행복감으로 이어질 수도 있기 때문이었다.

먹는 즐거움을 느끼기 위해서는 치아 건강도 중요시해야 한다. 치아가 온전하지 않거나 틀니가 문제가 되면 씹는 기능에 지장을 주게 된다. 이런 분들에게는 밥보다 죽을, 일반 반찬이 아닌 다진 반찬을 드시게 한다. 매끼마다 다른 종류의 죽과 반찬이 식판 위에 놓이고 시간에 맞춰 식지 않도록 제공된다. 죽이나 미음 식을 드시는 어르신의 상태는 스스로 식사를 드실 수 없는 경우가 많아서 선생님들의 식사보조가 필수적이다. 연하곤란*인 경우에는 식사 시간이 30분 이상 소요될 때도 있었다. 적절하게 시간을 배정해서 어르신들에게 충분한 식사를 제공하는 것이 중요하다.

한동안 죽을 드시다 보면 '질린다'라고 얘기하며 밥이 먹고 싶다고 호소하시는 분도 있다.

"나 도저히 죽 못 먹겠어요! 밥 줘요!"

치아 상태가 좋지 않아 며칠 전부터 죽으로 드시는 분이었다.

"어금니를 발치해서 밥으로 드시면 소화가 안 될 수도 있어요."

"그래도 밥을 먹고 싶어! 죽을 먹었더니 배도 금방 고프고."

"일단 죽 반, 밥 반으로 드려 볼게요. 천천히 드셔야 해요."

이런 경우에는 빠른 시일 내에 보호자와 상의한 후 틀니 착용

---

* 음식물을 삼키기 어려운 증상.

여부차 병원진료를 하게 된다. 이것도 잇몸 상태가 건강해야 가능한 일이다. 변함없이 유지될 줄 알았던 신체의 모든 부분들이 하나 둘 마모되고 떨어져 나가고 망가지고 나서야 그 소중함을 알게 된다. 매일같이 사용하던 치아는 오래도록 우리의 입맛과 포만감을 채워주기 위해 버텨 왔었다. 틀니를 착용하게 되더라도 안심할 수는 없었다. 노화에 따라 얼굴 살이 빠지면 잇몸 상태도 변화되어 착용하던 틀니가 헐렁해지고 제구실을 못하는 문제가 생겨나기 때문이다. 틀니를 잇몸에 맞게 다시 제작해서 사용해야만 했다. 죽도 아닌 미음으로 드시는 분들은 건강 상태가 더 악화된 경우이다. 이 분들에게는 다른 영양식을 곁들여 부족한 하루 섭취량을 채워 드려야 한다.

어떤 보호자는 면회 올 때마다 보온병에 커피를 담아 와서 어머니께 드리는 정성을 보였다. 커피 향과 맛은 나이가 들고 질병이 생겨나도 변함없이 찾아졌다. 순간의 행복감은 맛보게 해주는 정다운 친구와도 같았다.

가끔씩 물리치료실까지 와서 두유와 커피를 건네주고 가셨던 어르신이 떠오른다. 그 분의 침대 옆에는 간식을 넣어두는 자그마한 사물함이 따로 있었는데 보호자가 아버님을 위해서 특별히 준비한 것이었다. 워낙 간식 드시는 것을 좋아하셔서 커피, 두유, 과자 등을 그곳에 넣어두고 수시로 꺼내 드셨다. 고맙게도 선생님들에게 나눠 주는 것을 잊지 않으셨다. 어르신께 받은 두유는 가지고 있다가 다른 어르신께 드리기도 했다. '출출할 때 잘 먹었다!'라는 얘기를 종종 들었다. 그들의 눈빛을 보면 작은 먹거리 하나가 어르신들의 허기만 채워주는 것이 아니라 마음의 위로도 되었구나 하는 생각마저 든다.

이곳에서 먹거리는 먹는 즐거움이자 살아가는 이유가 되었고 슬픔도 가라앉히는 위력 있는 존재가 된다. 이 매력 있는 먹거리를 서로가 주고받을 때 더 정감 있는 분위기가 연출되곤 한다. 많은 사람이 공유할수록 그 가치는 더 높아진다. 나누는 사회, 나눠 먹는 이웃, 세상에서 슬로건으로 내세우는 말들이 이곳에서도 펼쳐지고 있다.

같은 방 어르신들과 보호자가 사 온 간식들을 나눠 드시며 정답게 지내시는 모습을 보면 훈훈한 인심이 느껴진다. 나눠 먹는 정이 우울함에서 벗어날 수 있는 탈출구 역할을 해내길 기대한다.

노는 것이 더 힘들어

쫓아야 할 물질과 이뤄야 할 목표를 내려놓는 순간 육신의 마디마디에는 공허함이 사무친다. 먹고 살기 위해 아등바등 살아왔던 세월을 뒤로 한 채 이곳에서 보내는 노년 생활은 넘치는 것이 시간이었고 이겨 내야 할 것이 무료한 하루이다.

대장암에 걸린 어르신은 원래 마른 체질이셨지만 병 때문인지 더 수척해지고 야위어 가고 있었다. 식사도 제대로 못 하시고 기력도 소진되어 갔다. 하지만 얼마 전부터 다시 기운을 되찾고 계셔서 활동하시는 데 별 문제가 없어 보였다. 어르신은 심심하다며 무언가 소일거리 될 만한 일을 찾고 계셨다. 오전 오후로 프로그램을 운영하고 무료함을 달래기 위해서 틈틈이 '퍼즐 맞추기'도 해보았지만 어르신의 지루한 일상을 달래 드리기에는 부족해 보였다. 처음에는 같은 방 어르신과 고스톱도 틈나는 대로 치셨는데 요즘은 싫증이 나셨는지 재미없어했다.

아마 일흔도 안 된 나이기에 바깥세상에 계셨다면 경제 활동을 하셨을지도 모른다. 취미생활도 영위하면서 나름 활력 있는 삶을 살고 있었으리라. 하지만, 질병이라는 장애물에 걸려 이곳으로 올 수밖에 없었다. 평범하게 살아간다는 것이 가장 쉬우면서도 어려운 일이 되어 버렸다.

'치매'라는 질병은 순식간에 많은 것을 앗아갔다. 적당한 노동과 수고를 통해 얻어지는 보람과 기쁨을 누리고 살아가야 할 인간의 자연스러운 권리는 박탈당해지고 소박한 꿈조차 중도에 포기할 수밖에 없었다. 어르신은 일과 보람이 없는 세상에서 더디 가는 시간을 보내고 계셨다. 어떤 프로그램을 하던지 틈틈이 소일거리를 찾던지 다른 어떤 것을 해보더라도 이들의 허전한 마음을 채우기에는 부족했다.

60대 후반에 이곳 생활을 시작한 어르신은 '아이구 노는 것이 더 힘들어!'라는 말을 하루에도 수십 번 되풀이 하시며 거실을 왕복했다.

"심심한데 물리치료나 받으러 오세요."

평소에 허리의 통증을 호소하셔서 치료를 꾸준히 받고 계셨다.

"그려! 심심한데 허리 뜸질이나 해야지. 놀기도 지겨워 죽겠어!"

반색을 하시며 침상에 누우셨다. 온찜질을 할 때마다 꺼내시는 얘기가 있었다.

"이 시계 사위가 사줬어! 저번에 점심 먹으러 나갔다가 금은방에서 하나 사주네."

손목에 찬 시계를 내보이며 자랑을 했다. 매번 듣는 얘기지만 어르신의 자랑거리가 되어 버린 탓에 처음 듣는 척하며 호응해 드렸다.

"어머! 그래요. 멋지네요. 사위가 어르신께 참 잘하네요. 세상에 이런 사위가 어디 있겠어요!"

"그려! 이런 사위 없어. 이거 10만 원 줬대!"

"어쩐지 좋아 보이더라. 어르신께 잘 어울려요."

칭찬에 기분이 좋으셨는지 얼굴에 환한 미소가 지어졌다. 칭찬은 남녀노소를 막론하고 행복 호르몬을 자극하는 촉매제 역할을 충분히 해냈다.

치료가 끝난 후 어르신께 '쎄쎄쎄'를 권유했다. 지루한 시간 속에서 흥미를 유발시키고 인지력 향상에 도움을 주기 위한 놀이었다.

"어르신! '푸른 하늘 은하수' 노래에 맞춰서 손뼉 치기 해봐요."

"그려! 해봐!"

가끔씩 노래와 손뼉 치기가 어색하게 안 맞을 때도 있었지만 대부분은 끝맺음까지 틀리지 않고 해내셨다.

"오늘은 너무 잘하셨어요! 수고하셨어요."

프로그램은 오전, 오후 일정에 따라 매일 진행되어진다. 이곳 생활에 유독 지루함을 느끼는 어르신은 프로그램에 빠지지 않고 참석하시지만 그 시간이 지나고 나면 적적한 마음으로 이내 돌아오셨다. 방에 혼자 계실 때는 화투 놀이로 소일거리를 삼으셨다.

"뭐 일할 거 없어?"

무엇이라도 해 보길 원했다. 가끔씩 위생원 선생님과 함께하는 빨래 개기와 청결 관리에 필요한 물휴지 접기는 어르신들에게 소중한 소일거리가 되었다. 하지만 더 복잡한 활동을 해보시겠냐고 권하면, 힘들어서 못 한다는 말씀도 내비치셨다. 몸은 뭐든지 다 할 수 있을 것 같은데 육체의 가장 꼭대기에 있는 머리에 이상이 생기니, 한 몸이 두 개의 세계로 나눠진 셈이었다. 내 몸을 내 뜻대로 할 수 없으니 인생이 덧없기만 했다.

90세가 훨씬 넘은 연세에도 왕성한 활동을 자랑하시는 어르신이 계셨다. 보행기구로 이동을 하셨지만 날렵한 움직임을 보였다. 이곳에 입소하기 전에는 혼자서 생활하셨는데, 나물이나 푸성귀를 내다 파는 일을 소일거리로 삼았었다고 한다. 이곳 생활이 시작되고 한동안은 나물을 팔러 가야 한다며 내보내 달라는 말씀을 수시로 했다.

"선생님! 여기 문 좀 열어줘요!"

"어르신! 어디 가시려고요?"

"나물 팔러 가야 해요. 그거라도 팔아야 몇 천원이라도 벌지. 내 수중에 돈 한푼 없는데. 여기에 돈도 내야하고."

"아드님과 따님이 여기에 돈을 내니까 어르신은 걱정하지 않으셔도 돼요."

"그래도 내가 다문 얼마라도 벌어야 하는데."

어르신을 이해시키는 노력보다는 서로를 알아가는 시간이 절실하게 필요했다. 그렇게 아옹다옹하면서 한 달 정도 지나갔다.

이곳에서도 소일거리를 열심히 찾아보시던 어르신은 빨래 개기와 식사용 앞치마 정리를 독점했다. 때가 되면 건조대에 널어놓은 앞치마를 걷어다가 예쁘게 개어 놓았다. 다른 어르신들은 관심 없어 하는 일이었지만 이 어르신은 자신에게 주어진 특별한 사명으로 여기는 것 같아 보였다. 한번은 주말에 면회 온 손녀와 이런 대화를 나누기도 했다.

"할머니가 많이 심심해하는데 직원들이 밖에 모시고 나가는 경우도 있나요?"

"그럼요! 어르신은 다른 분보다 답답함을 많이 호소하세요. 상황에 따라서 시설 마당이나 근방으로 산책하러 나갑니다."

"네! 이곳에서 하는 프로그램도 있나요?"

"오전 오후 일정에 따라 프로그램이 진행되구요, 어르신은 거의 빠짐없이 적극적으로 참여하고 계십니다."

"그렇군요! 할머니 생신이 저번 달이었는데, 생신잔치를 안 했다고 하시던데."

손녀는 꼼꼼하게 확인했다.

"어르신이 입소하실 때 보호자에게 실제 생신을 여쭤보고 저희 시설에서 그날이 속한 달에 맞춰서 생신잔치를 해 드리고 있어요. 특히 옛날 분들은 주민등록상의 생일과 실제 생일이 다른 경우가 많으니까요. 할머니 얘기만 전적으로 듣지 마시고 궁금한 점이 있으면 언제라도 문의해주세요."

"고맙습니다. 잘 부탁드릴게요."

잠시 후 손녀 내외가 어르신을 모시고 1층으로 내려왔다.

"마당에 잠깐만 나갔다 올게요. 할머니가 원하시네요."

"오늘은 날씨가 풀리긴 했지만 그 옷차림으로 나가시면 춥지 싶네요. 이거라도 걸치고 나가세요."

책상위에 놓여 있던 무릎담요를 보호자에게 건넸다. 오랜만에 면회 온 손녀 내외와 산책하러 나가시는 어르신의 뒷모습이 즐거워 보였다. 무료한 마음을 달래줄 소일거리를 스스로 찾아내시고 그것으로 조금이나마 위안을 받고 계시니 다행스러운 일이었다.

삶은 우리 앞에 견뎌내야 할 것들을 끝없이 펼쳐 놓았다. 어르신들은 심심하고 지루한 나날이지만 하루하루를 그냥 그렇게 견뎌 내신다. 내일은 오늘과 다른 날이길 기대하면서 말이다. 일할 수 있다는 것과 내 의지대로 뭐든지 시도할 수 있다는 것이 감사하게 느껴지는 것은 이들의 무료함이 고스란히 나에게 전해졌기 때문이다.

젊었을 때는 삶과의 전쟁을 치르느라 내 몸 건사도 못하고 지내 왔다. 잠시 쉬어 갈 틈도 없이 가족을 위해 달려왔다. 두 어깨가 무거워 내려놓고 싶었지만 그냥 이겨내야만 하는 줄 알고 살아왔다. 덧없는 세월이 지나가고 내 몸이 병든 다음에야 그 자리에서 멈추게 되었다. 하지만, 남겨진 것은 따분한 시간과의 싸움이다. 지금 이 순간 건강한 신체와 내 앞에 펼쳐진 소중한 하루를 감사하게 받아들일 수 있다면 먼 훗날 지루한 나날이 내 옆을 지나쳐 갈지도 모르겠다.

아로마 테라피가 필요해

~~~~~~~~~~

　노년의 체취와 기저귀 교체 시간에 풍겨 나오는 대소변 냄새는 방 안의 공기를 순식간에 장악한다. 수시로 환기도 시키고 방향제를 사용해 보아도 신통치 않다. 나이가 들면 모든 감각이 둔감해진다고 하지만 유난히 냄새에 민감하게 반응하는 분들도 있다. 이런 분들에게는 어떤 도움을 드릴 수 있을까?

　물리치료를 할 때 바르는 진통소염제로 통증 부위를 마사지해 드리면 화끈거리면서도 시원하다는 반응을 보인다. 그 외에 각질이 일어나거나 가려움을 호소하는 부위에는 보습 로션으로 마사지해 드리고 있다. 칙칙한 방 공기로 스트레스를 받는 어르신들을 위해 특별히 상쾌함을 주는 싱그러운 꽃향기가 나는 로션을 선택했다. 이에 대한 어르신들의 호응은 기대 이상이었다.

　좌측 편마비 증세를 가지고 있는 어르신은 인지력이 아주 좋은 편이었다. 거기에다 청각이나 후각도 다른 분들에 비해 예민한 편이었다. 평소에 마비된 좌측 하지에는 진통 소염제로 마사지를 했다.

"향기 좋은 로션을 준비했는데 어깨에 발라드릴까요?"

"팔이 가렵긴 했는데"

"피부가 건조하면 더 가려울 수도 있어요. 촉촉해지게 발라드릴게요."

양쪽 팔을 로션으로 마사지해 드렸다.

"선생님! 향이 너무 좋아요. 찌른내, 똥 냄새 맡다가 상큼한 냄새 맡으니까 기분까지 좋아져요."

어르신은 자신의 기분을 솔직하게 표현했다. 예상보다 좋은 반응이었다. 젊은이들만 향기에 민감한 것이 아니었구나. 어르신들도 좋은 향기에 스트레스를 해소할 수 있구나! 나이 들고 병들면 만사가 귀찮아지고 후각도 둔감해져서 그 기능을 제대로 못할 것이라는 막연한 선입견을 갖고 있었는데, 어르신의 평가는 신선한 자극으로 다가왔다.

"다음에 또 발라 드릴게요."

"미안해서 자꾸 발라 달라고 할 수 있나요!"

우리에게 항상 존댓말을 해주시는 어르신이 오늘따라 더 다정스럽게 느껴졌다.

"이 로션 발라 드리면 어르신들이 어떤 반응을 보이실까 궁금했었는데 이렇게 좋아하시니 저도 기분이 좋아요. 부담 갖지 마세요."

어르신께 발라 드렸던 꽃향기가 내 코에 스며들어 내 마음도 덩달아 상쾌해졌다. '아로마 테라피'처럼 향기가 어르신의 우울한 마음과 육체적 통증에 도움이 될 거라는 생각이 들었다. 향기 좋은 로션을 발라 드려도 기분이 좋다고 하시는데 전문적인 아로마 오일을 활용하면 더 좋은 효과를 볼 수 있을 것 같았다. 다음 만남에는 숙면, 통증에 도움이 되는 오일을 준비했다.

"어르신! 오늘은 제가 숙면이나 심신을 안정시켜 주는데 도움이 되는 것을 준비했어요. 이거 한 두 방울 베갯잇이나 옷깃에 떨어뜨리면 효과가 좋대요."

어르신의 베갯잇 양쪽에 발라 드렸다. 라벤더 향이 은은하게 퍼져 나갔다.

"향이 좋네! 숲속에서 나는 냄새 같기도 하구"

향이 마음에 든 모양이다. 혹시나 했었는데 괜한 염려였다.

"근데, 자꾸 이런 거 사 오면 내가 미안해서 어쩌나. 돈을 줘야 하는 거 아니에요?"

"아니에요. 다른 어르신들께도 다 같이 해 드리는 거니까 부담 갖지 마세요. 어르신이 만족해하시니까 오히려 제가 감사해요."

향기 몇 방울에 기분 좋다며 고마워하시는 어르신의 마음에 오히려 내 가슴이 벅차올랐다. 매일 육체적으로 힘들어하는 어르신에게 잠시나마 기분전환이 되길 바랐다. 어르신의 심신에 도움을 주어 아프고 우울한 일상이 활력을 되찾기를 바라는 심정이었다. 후각 기능이 남아 있다면 물리적 치료와 더불어 향기로 심신을 안정시키는 보조적 치료효과를 기대할 수 있을 것 같았다.

물리치료 받을 때마다 불평을 늘어놓으시는 어르신이 계셨다. 치료받는 시간에 그동안 있었던 불만스러웠던 일들을 쏟아내기가 바빴다. 우울한 감정이 어르신을 지배했다. 한두 번도 아니고 매번 듣는 못마땅한 얘기들은 내 마음도 가라앉게 만들었다.

"어르신! 부정적으로 생각하고 미워하는 마음 갖기 시작하면 끝도 없어요. 이 세상에 내 마음에 꼭 맞는 사람이 어디 있겠어요? 이해하는 마음 갖도록 해보세요."

"나도 이해하려고 하는데 그게 잘 안 돼!"

"향기 좋은 로션 발라 드릴게요. 어떤가 맡아 보세요."

팔과 다리를 로션으로 마사지 해 드렸다.

"음! 향이 너무 좋다."

조금 전에 상기 되었던 어르신의 표정이 가라앉는 것 같았다.

"이 향기도 좋은가 맡아 보세요. 밤에 잠 못 주무시는데, 이게 도움이 된대요."

아로마 오일을 어르신의 옷깃에 몇 방울 떨어뜨렸다.

"이 향도 너무 좋아! 꽃밭에 온 것 같아!"

언제 그랬냐는 듯이 환한 표정을 지으며 어깨까지 들썩였다.

"오늘 밤에는 잘 주무실 거에요. 걱정하지 마세요."

아픈 몸에다 가족들과의 소원해짐이 노인성 우울증을 더 가중시킨 것 같았다. 밤에도 숙면하지 못해 괴로워했다. 쉽게 나아질 증상은 아니었지만 싱그러운 향이 짜증스러운 생각들을 날려 보냈으면 싶었다.

한동안 어르신과의 만남은 이렇게 지속되었다.

"어르신! 그동안 잘 지내셨어요?"

물리치료하기 전에 어르신의 마음이 어떤지 알아보았다. 매번 짜증스러운 표정으로 부정적인 얘기를 하셨지만 오늘은 기분이 괜찮겠지 하는 기대감으로 확인해 보는 습관이 생겼다.

"응! 별일 없었어."

얼마 만에 들어 보는 담담한 대답인가.

"내가 마음을 비워야지. 원망한들 무슨 소용이 있겠어!"

타박은 내려놓고 너그러움을 품으셨는지 갑자기 달관한 사람처럼 말씀했다.

"잘 생각하셨어요. 미워하는 마음을 버리면 내 마음도 편해지거든요. 칭찬에는 날개가 있어서 어르신께 좋은 것으로 되돌아 올꺼예요. 제가 기분 좋아지는 아로마 오일 발라 드릴게요."

그날 이후 어르신의 불평은 눈에 띄게 줄어들었다. 상대방의 독설은 내 마음도 상하게 만들었다. 그동안 나를 침울하게 만들었던 어르신의 얘기는 이제 먼 나라 이야기가 될 거라는 기대를 품었다.

향기의 매력은 젊은이들에게만 발휘되는 것이 아니다. 어르신들에게도 좋은 향기가 그들의 심신을 안정시키고 우울감을 해소할 방법이 된다. 주변을 둘러싸고 있는 칙칙한 분위기와 냄새가 그들의 심기를 더욱 침울하게 만드는지도 모르겠다. 그것을 해소하기 위해서라도 노년의 삶에 향기요법이 더욱 필요할 수도 있다. 어르신들도 싱그러운 향기에 무척이나 즐거워한다. 향기가 코를 통해 그들의 영혼까지도 어루만져 주길 기대한다.

이곳에서 희로애락을 맛보다

요양원 생활은 빙판길을 걷듯이 한시도 긴장을 늦출 수 없었고, 끊이지 않는 사건사고로 하루도 그냥 지나가는 법이 없다. 하지만, 그 속에서도 웃음 짓게 만드는 깨알 같은 일들로 행복을 싹 띄울 수도 있다. 삶의 '희로애락'이 여기에서 펼쳐진다.

물리치료를 한참 하던 중에 어르신들의 간식 시간이 되었다. 오늘의 간식 메뉴는 딸기였다. 전기치료가 끝나고 기구를 걷어내는 중이었다.

"선생님! 이 딸기 드세요. 나는 차가워서 못 먹어요!"

"아니에요! 옆에 놓았다가 나중에 드세요."

상대방을 챙겨 주시는 마음이 고맙긴 했지만, 딸기는 자주 나오는 간식이 아니었기에 어르신이 드셨으면 싶었다.

"나중에는 저녁 먹어야 해서 어차피 못 먹어요. 선생님 드세요. 이 시간쯤 되면 출출할 시간이잖아요."

인지력이 상당히 좋으신 어르신은 매일 성경을 읽고 찬송가를 듣는 것으로 소일거리를 삼고 있었다.

"자꾸 거절하지 말고 이거 드세요. 협탁 안에 보면 두유도 있으니까 하나 꺼내 드세요."

어르신이 배려해 주시는 마음을 봐서라도 끝까지 거절할 수가 없었다.

"그럼! 잘 먹을게요. 이렇게 간식까지 챙겨 주셔서 감사해요. 어르신의 마음이 저를 감동하게 하네요."

인지기능 장애가 있는 어르신들이 대부분이었기 때문에 직원들의 고초나 어려움을 알아주시고 표현해 주시는 분들이 많지 않았다. 어르신들이 마음속으로 느낀다고 해도 의사를 표현한다는 것은 기대하기 힘들었다.

옆 침대 어르신도 덩달아 자신의 간식을 내밀었다.

"선생님 이거 먹어요! 나는 다른 간식 있어!"

"아니에요! 어르신 드세요."

갑작스러운 어르신들의 권유에 몸 둘 바를 몰랐다.

"자꾸 거절 말고 이거 먹어봐"

한사코 거절하는 것도 예의가 아닌 것 같아서 슬며시 간식을 받아들었다. 이날은 어르신들이 주신 간식으로 마음과 배가 든든하게 차올랐다. 오후가 되어 근무에 지쳐 가던 나에게 활력을 주는 일이 되었다. 드리는 것에만 익숙해져 있던 생활 속에서 어르신께 받은 배려는 다른 어떤 것보다 귀하고 소중하게 여겨졌다.

몇 년 전 근무하던 곳에서 있었던 일을 생각하면 지금도 가슴이 먹먹해진다. 물리치료실은 개방된 구조였고 거실에서 일어나는 일들을 고스란히 전달받을 수 있는 위치였다. 노래를 제법 잘 부르는 어르신이 계셨다. 한 번 노래를 시작하면 보통 4~5곡의 노래를 이어서 부르셨다. 가사도 정확하게 기억했고 음정도 틀리지 않을 정도였다. 그렇게 노래가 시작되면 계속해서 되풀이가 되었다. 마치 고장 난 전축처럼 여러 곡의 노래가 끊임없이 이어져 갔다. 몇 곡의 노래를 한 차례 부르고 나면 또다시 시작되었고, 끝내는가 싶으면 처음부터 다시 시작되었다. 인지기능장애가 있는 분이라서 만류를 한들 소용이 없었다. 노래를 시작한 날은 마치 신들린 듯이 막힘없이 노래가 터져 나왔다.

그날따라 퇴근을 앞두고 서류정리를 하고 있었는데 마침 물리치료실 책상 앞에 어르신이 앉아 계셨다. 어르신이 너무 심하게 배회하는 날에는 어쩔 수 없이 휠체어에 앉혀 드리기도 했다. 업무에만 신경 쓰려고 노력했지만, 나도 모르는 사이에 메들리로 들려지는 노래 소리에 정신이 쏠려 있었다. 한 곡이 불러지고 나면 그 다음 곡이 어떤 곡인지 내 머릿속에서 저절로 그려졌다. 처음에는 별생각 없이 듣던 노래 소리가 시간이 갈수록 내 마음에 짜증을 넘어선 분노를 일으켰다. 참으려고 하면 할수록 정신을 헤집어 놓았다. 이런 상황을 매일같이 겪게 된다면 '정신 불안증'이 생길 수도 있겠다는 염려마저 들었다. 퇴근하면 이 자리를 모면할 수 있다는 것이 다행으로 여겨졌다. 한시라도 빨리 이곳을 벗어나고 싶었다.

인지기능 장애로 인한 현상이나 후유증이 각양각색이지만 끊임없이 어이지는 노래 소리가 사람의 심기를 이렇게도 불안하게 만들 수 있다는 것을 그때 처음 알게 되었다. 인간만큼 소리에 민감하게 반응하는 동물도 없을 것이다. 한참이 지난 뒤에도 그때를 생각하면 나도 모르게 한숨이 지어진다.

연세가 많은 데다가 지병과 신체적 통증까지 발생되어 얼굴색이 어두운 분들이 많았다. 그런 분들 중에서 유난히 흥이 많은 어르신이 계셨다. 평상시에 말씀을 재미있게 하시는 할머니는 그날따라 유창한 말솜씨를 뽐내고 계셨다.

"어르신 아픈 무릎에 온찜질 해 드릴까요?"

"싫어! 아녀!"

단번에 거절했다.

"이거 공짜예요!"

"공짜! 그럼 어디 해봐! 공짜는 좋아!"

트로트 노래도 잘 따라 부르셨고 평소에 밝은 모습이 좋아 보였다.

"어르신! 옛날에 무슨 일 하셨어요?"

"농사도 쬐금 짓고 시장에서 장사 혔어! 얘들 운동화, 흰 고무신, 꺼먹 고무신 팔았어"

"할아버지는 뭐 하셨는데요?"

"그이는 집에 벌러덩 누워 있었는디, 고무신 팔으라고 데려다 놓으면 금세 어디로 가고 없었어!"

"할아버지하고 싸움도 하셨겠네요?"

"아니여! 우리 집 위쪽에 서방님이 살았고, 아래쪽에 친척이 살았어! 큰소리 나면 안 되잖여, 내가 참았지!"

"왜 참기만 하셨어요?"

"시끄러워지면 동네 망신이잖여! 내가 쫌 참으면 되는디."

옛 시절 어머님들의 서러움과 고단함이 느껴졌다. 할머니의 희생과 마음 씀씀이가 헛되지는 않았으리라. 몇십 년이 지난 얘기들을 고스란히 전해주는 어르신의 입담에 나도 모르게 미소가 지어졌다. 가끔씩 들려주는 어르신들 인생사가 우리에게 교훈을 주었다.

명절인 설과 추석은 이곳 어르신들에게도 기다려지는 절기였다. 방에 걸려 있는 달력을 보시고는 명절 며칠 전부터 기대에 부풀어 계셨다. 이때가 되면 보호자가 어르신들을 집으로 모시고 가는 경우가 꽤 많았다. 어르신들은 차례도 지내고 오랜만에 친척들을 만나 그동안 묵혀 두었던 회포도 풀 수 있었다. 어르신들 정서에는 명절을 중요시 여기는 마음이 여전히 남아 있었다. 자녀들과 함께 차례를 지낼 수 있으리라는 기대가 이날을 더욱 기다려지게 만드는지도 모르겠다. 명절을 구실 삼아 요양원을 벗어나 가족들과 외출을 하실 수 있는 것도 어르신들에게는 즐거움의 하나였다. 이곳에서도 명절 음식을 어르신들께 제공해 드렸다. 보호자와 외출이나 외박을 하지 않는 분들을 위해 요양원에서 간소하게 차례 음식을 준비했고 선생님들이 어르신들께 세배를 드릴 수 있도록 마련했다.

프로그램도 명절을 대표하는 놀이로 진행했다. 그중에서 윷놀이는 어르신들에게 가장 많은 호응을 받았다. 어르신과 선생님이 한 편이 되어 상대 팀과 윷을 겨루는 시합이었다. '승부욕'은 연령과 장소를 가리지 않고 발휘되었다. 윷판 위에서 윷말이 엎치락뒤치락할 때마다 여기저기에서 한숨과 환호성이 터져 나왔다. 게임이 막바지에 이르게 되자 열기는 더욱 뜨거워졌고 같은 팀의 연대감을 더욱 깊어갔다. 게임이 진행되는 한 시간 남짓 모두의 얼굴에는 웃음꽃이 활짝 피어났다. 승패를 떠나 한바탕 떠들고 웃으면서 정다운 분위기가 만들어졌다.

이곳 생활은 언뜻 보기에는 한쪽 편의 일방적인 섬김만 요구되는 것처럼 보일 수 있다. 어르신들과 부대끼다 보면 고단한 일상이 반복되기 때문이다. 때로는 거울 앞에서 휑한 얼굴에 축 처진 내 모습과 마주할 때도 있다. 하지만, 어르신들 개개인의 사연과 속내를 알게 되면, 그들을 이해하고 받아들이는 것이 수월해졌다. 우리가 마음을 열고 다가가는 순간 어르신이 건네주는 따뜻한 눈빛도 느낄 수 있었다. 즐거움도 덤으로 딸려 왔다. 온기는 서로의 마음이 하나가 되었을 때 피어난다. 세상 사람들이 겪는 희로애락을 이곳에서도 기꺼이 어르신과 우리가 함께 엮어 나갈 수 있다는 것을 깨닫게 되었다.

5

일상의
최전방에서

등 좀 긁어 줘요

아침부터 어르신 방에서 '까악 까악'하는 소리가 들려왔다. 그 소리는 며칠 동안 잠잠하던 거실을 순식간에 장악해 버렸다. 또 시작이었다. 마치 까마귀 울음소리가 연상되듯 끊임없이 소리는 울려 퍼지고 있었다. 어르신 방으로 들어가 보았다.

"왜 이렇게 소리를 지르세요?"

"등이 가려워서 그래요. 까악 까악!"

어르신의 관심을 다른 곳으로 돌리고자 온열 찜질을 하시겠냐고 여쭤보았다.

"아니요! 하지 말아요! 등 좀 긁어줘요!"

그날은 다른 것보다 오직 등 가려움이 우선이었다. 너무 안쓰러운 마음에 등을 긁어 드리면 옆구리, 다리, 어깨 등등 여기저기 간지러운 곳을 말씀하시며 긁어 달라고 애원을 했다. 그래서 한두 차례 긁어 드리다 보면 어르신 방에서 좀처럼 벗어나기가 쉽지 않았다.

"어르신! 오늘 어깨 운동 안 하셨죠. 지금 해보시겠어요?"

어르신이 고개를 끄덕였다. 링거 거치대에 탄력 밴드를 걸어서, 누워서도 수시로 잡아당기며 어깨 운동을 할 수 있게 해 드렸다.

"어르신! 100까지 세어 보세요!"

어르신은 하나, 둘, 셋, 넷 또박또박 숫자를 세기 시작했다.

"숫자도 잘 세네요. 100까지 다 세고 난 다음에 반대편 팔도 운동하세요!"

그렇게 어깨 운동이 시작되었다. 숫자를 세느라 등 가려운 곳은 잠시 잊으셨나 보다. 정확하게 숫자를 세는 어르신이 조금 전까지 소리치던 모습과는 다르게 보였다. 이럴 때 보면 숫자도 잘 세고 인지 상태가 좋아 보였다. 하지만 한번 소리를 지르기 시작하면 마치 까마귀가 우는 듯 소리가 터져 나오니 기가 막힐 노릇이었다.

"이쪽 운동 다 하셨으니 반대편 어깨도 운동하세요."

어르신은 다시 하나부터 숫자를 세기 시작했다. 목소리가 어찌나 쩌렁쩌렁 울리는지 세상을 향해 울부짖는 것 같았다. '나 좀 알아 달라고' 말이다.

누워 계시는 것이 얼마나 답답하겠는가. 몸의 자세를 수시로 변경해 드렸지만 그것으로는 부족했었나 보다. 그래서 어르신은 방에 들어오는 모든 사람에게 등을 긁어 달라고 호소를 했을 것이다. 어느덧 100개가 세어졌다.

"다 했어요! 그만할래요!"

어르신의 연세는 80세가 넘었지만 우리들에게 꼬박꼬박 존 댓말을 해주셨다. 직원들에게 존칭을 사용하는 몇몇 안 되는 어르신들 중에 한 분이었다. 평상시에 대화해보면 기억력도 좋았고 순발력도 빠른 편이었다. 신체적으로는 와상에 가까운 상태가 되었지만 인지기능은 웬만한 대화가 가능할 정도였다. 어떤 때는 너무도 지당한 말씀을 하는 바람에 어르신의 인지력이 달리 보일 때도 있었다. 이렇듯 어르신들은 가끔씩 평소와 다른 모습으로 선생님들을 놀라게 만들었다.

정신과 몸의 기능이 균형을 이뤄 가면서 쇠퇴해 간다면 얼마나 좋겠냐마는 그러지 못한 상황들이 벌어지는 것이 안타깝기만 하다.

시간이 어느 정도 지나가자 어르신은 또 소리를 지르기 시작했다. 그 소리를 한참 듣다 보니 짜증이 슬슬 나기 시작했다. 사람은 청각이 예민한 동물임이 틀림없었다. 급기야 두통까지 몰려왔다. 다른 일에 집중하려고 해도 그 소리가 귓전을 떠나지 않았다. 이 상태가 계속된다면 정신이 어떻게 될지도 모르겠다는 생각마저 밀려들었다. 육체적 고통보다는 정신적 고통이 사람을 무기력하게 만드는 것 같았다. 누가 어떻게 좀 해결해 주었으면 싶었다. 다른 어르신들도 시끄럽다고 난리가 났다. 공동생활이기에 이런 괴성이 계속 들린다는 것은 어르신들의 안위를 위협하는 일이 될 수 있었다. 이곳의 평온을 위해서 적극적인 치료방법을 모색해야만 했다.

치매 증상의 하나라고 치부해 버리기엔 우리들의 참을성이 바닥을 드러내고 있었다. 어르신의 행동은 치매 증상이라고 치부해 버리기에는 너무도 해괴한 모습이었기 때문에 의료팀과 논의해서 적절한 약물요법도 시도해 봐야 했다.

치매 유형은 다양하다지만 이런 희한한 일들로 인해 선생님들이 받는 정신적 고통은 이루 말할 수 없다. 타인의 치매 증상으로 인한 정신적 고통과 후유증을 조사하고 과학적으로 증명할 수 있다면 그 파장이 어디까지 미칠 것인가! 나는 이곳에서 인내심을 배워 갔다. 이곳 생활에 적응하기 위해서는 각자의 조급함과 분노는 잠재우고 대신 느긋함과 연민으로 가슴을 채워 가야만 했다. 그래야만 수많은 치매 증상이 나를 통해 여과될 수 있었다. 가슴속에 울분을 담아 두는 것이 아니라 내 몸을 투과하게 만들어야 했다. 어르신과 우리가 맞춰 살아가기 위해서 반드시 필요한 과정이었다. 마치 산고의 시간처럼 말이다. 아픈 만큼 성숙해진다는 말은 이곳에도 적용되었다.

　요즘은 어르신의 괴성 소리가 줄어들었다. 아니, 거의 없어
졌다. 가끔씩 소리를 치긴 했지만, 예전의 해괴한 소리에 비하
면, 충분히 들을 만해졌다. 거실에서는 평온함 마저 느껴졌다.
너무도 강력한 소리에 멍들어 있던 우리 가슴이 조금씩 회복되
어갔다. 어르신도 전보다는 편안해 보였다. 자신의 의지와 상관
없이 행해지던 모습에 어쩌면 어르신도 괴로워했을지도 모른다.

　"어르신! 오늘따라 얼굴이 좋아 보이세요. 소리 안 내시니까
어르신도 힘들지 않으시죠?"

　"나 소리 안 질렀어요!"

　"그래요! 어르신이 지른 게 아니에요. 또 다른 어르신의 모습
이 지른 거예요!"

　어르신은 내 말뜻을 끝까지 알아듣지 못할 것이다. 그래도
이렇게 얘기해 드리고 싶었다.

　우리는 오늘도 어르신들의 모습에 울고 웃는다. 울기만 하는
것이 아니라 웃을 일도 있기 때문에 우리는 내일을 기대하고 한
달 후, 일 년 뒤를 기약할 수 있다.`도저히 받아들여지지 않는 말
과 행동으로 우리들의 한계를 드러내 보이게도 하지만, 빙그레

웃음 짓는 어르신의 얼굴을 보면 답답하고 먹먹했던 가슴이 언제 그랬냐는 듯이 녹아내린다. 그래서 다시 기운을 차릴 수 있다.

어르신의 상처를 우리가 조금 더 끌어안고 포용해 준다면 어르신과 마주하며 환한 미소를 지어 보일 수 있다. 더 나아가 이 인삼각 경기처럼 어르신의 호흡에 우리가 보조를 잘 맞춰서 나아간다면 희망이라는 골인 지점까지 넘어지지 않고 완주할 수 있지 않을까. 이곳에서 소망을 가질 수 있다는 것은 다른 어떤 것보다 숭고한 일이 될 수 있으리라 믿는다.

치료를 왜 쬐금 하다 말어!

물리치료를 남달리 좋아하시는 분들은 치료 시간을 민감하게 받아들인다. 어르신의 그날 기분에 따라서, 시간이 길거나 짧게 느껴지기 때문에 항상 같은 시간 동안 치료를 하는데도 치료 시간이 짧다고 짜증을 내시는 분들도 있다.

'공기압 치료기'라는 전기치료를 좋아하시는 어르신에게는 다른 분들보다 치료받는 시간을 길게 배정했다. 여느 때처럼 치료를 해 드리러 방으로 들어갔는데 어르신이 몹시 흥분된 표정으로 구시렁거리고 계셨다.

"안녕하세요! 무슨 화나는 일 있으세요?"

"선생들이 며느리가 사 온 사탕을 가져갔어! 지들이 먹으려고 가져갔겠지. 못된 것들! 난 몇 개 먹지도 않았어!"

분하다는 표정이었다. 전에 들은 얘기로는 며느리가 사탕을 사 오면 어르신이 누워서 끝없이 사탕을 꺼내 드신다고 했다. 선생님이 가져갔다는 사탕은 드시는 양을 조절하기 위해서 다른 곳으로 치워진 것 같았다.

"오늘 무릎에 전기치료 하셔야죠!"

"해야지!"

어르신은 기분이 언짢았지만 전기치료를 거부하진 않으셨다. 온찜질 후에 어르신이 평소에 좋아하시는 전기치료를 대어 놓고 시간을 30분 정도로 맞춰 놓았다. 다른 방에 다녀왔더니 마침 전기치료기가 시간이 다 되어 꺼져 있었다. 플러그를 빼고 치료기기를 벗기려고 하는데, 어르신이 짜증난 표정으로 말했다.

"이걸 왜 쬐금 하다 말어!"

순간 당황스러웠다. 매번 같은 시간을 치료해 드리는데, 오늘 따라 치료 시간이 짧다고 느끼셨나 보다.

"어르신! 저번하고 똑같이 30분 했어요! 오늘은 시간이 금방 간 것처럼 느껴지나 봐요!"

"뭘! 10분밖에 안 해놓고 전기를 잡아 빼!"

"어르신이 오늘따라 기분이 안 좋으셔서 그렇게 생각되시는 거예요. 치료 시간은 30분으로 맞춰놓았어요!"

한 번 그렇게 피운 고집은 쉽게 꺾이지 않았다. 더 이상 설명해도 어르신의 마음이 돌아설 것 같지 않았다.

이곳에서 최장 시간 온찜질을 하는 어르신이 계셨다. 팔꿈치와 양쪽 무릎에 온열 찜질을 해 드릴 때면 보통 한 시간 정도 하길 원했다. 어르신은 연세에 비해 기억력이 좋으셔서 이틀 전에 딸이 가져온 간식거리도 정확하게 기억하고 계셨다.

"무릎에다 찜질해 드릴까요?"

"아니 거기는 많이 좋아졌는디 팔꿈치가 아프네! 여기다 해 줘!"

워낙 뜨거운 느낌을 좋아하는 분이셔서 수건을 다른 분들보다도 한두 장 덜 대고 해 드려야 만족했다. 온찜질로 팔꿈치를 감싼 후 다시 수건을 덮어 단단하게 싸매 드렸다. 그래야만 찜질이 금방 식지 않고 피부에도 밀착되어서 더 따뜻하게 느낄 수 있었다. 하지만 화상이 염려되는 부분도 있었기에 뜨거운 정도를 수시로 확인해 봐야 했다.

어느덧 40분의 시간이 지나갔다.

"어르신! 찜질이 아직도 따뜻하세요?"

"응! 아직도 따서!"

"그럼 20분 정도 더 하세요!"

"벌써! 이거 대어 놓은 지 10분밖에 안 됐잖여!"

눈을 동그랗게 뜨며 반문했다.

"아니에요! 30분도 넘게 했어요! 앞으로 20분만 더 하시면 한 시간 하시는 거예요."

"그런가! 나는 10분밖에 안 된 거 같은디! 선생님 말이 맞겠지."

마지못해 수긍하는 것 같았다. 온찜질이 그렇게도 좋으신지 시간 가는 줄 몰랐던 모양이다.

다른 근무지에서 겪은 일이었다. 한 방을 사용하는 두 어르신이 물리치료실에 오셔서 나란히 치료를 받았는데, 그중 한 분의 질투가 심해서 치료 시 문제가 되었다. 다른 한 분이 받는 모든 치료를 그대로 따라 하길 원했다. 아픈 부위나 상황에 따라서 치료기구가 다르게 적용될 수도 있었는데, 그걸 용납하지 않았다. 그래서 효율적인 치료를 위해서 치료받는 시간을 각기 다른 요일로 계획했다. 그렇게 며칠이 지나갔다. 어르신은 인지기능도 점점 상실되어 기억력에도 문제가 있었다. 어제 치료를 받았음에도 전혀 기억하지 못했다.

"나는 왜 치료 안 해줘!"

"어제 받으셨잖아요! 매일은 못 하고 내일 해 드릴게요."

"나 어제 안 했어! 거짓말하지 마!"

"아니에요! 어제 아침 일찍 해 드렸어요. 기억 안 나세요?"

"지랄하고 있네! 왜 나만 안 해줘!"

단단히 화가 난 표정으로 쏘아붙였다. 난감했다. 인지기능 장애를 가지고 있는 어르신은 지남력도 현저하게 저하되었다. 한번 우기기 시작하면 그 요구를 들어줄 때까지 상대방을 힘들게 만들었다. 어르신은 방에도 들어가지 않고 거실에 나오셔서 큰소리를 내셨다.

"망할 것이 나는 안 해 주고 다른 할매만 해주네!"

주변 사람들에게 하소연하듯 소리치고 욕을 해댔다. 절대 자신의 생각을 바꿀 일이 없어 보였기에 어르신을 이해시키려는 시도는 처음부터 무모한 도전이었다. 20분 가까이 독설은 계속되었다. 치료실에 빈자리가 날 때까지 기다려 달라는 내 얘기는 이미 어르신의 귀에 들어오지 않았다. 내 마음 한편에서 슬슬 분노가 치밀어 오르기 시작했다. 더 이상 냉전의 분위기를 이어갈 수 없었다. 애당초 어르신을 치료해 드리지 않은 것이 후회가 되었다. 어르신들의 말과 행동에 '왜'라는 의문을 가지는 순간 심적 고통은 시작되었다. 그러다 한차례 치료가 끝나고 빈자리가 생겼다.

"어르신! 이쪽으로 오세요! 치료해 드릴게요."

좀 전까지 험악했던 어르신의 얼굴은 금세 아무 일도 없었다는 듯이 평온해졌다. 조금 전에 보였던 서운한 감정은 순식간에 사라진 것 같았다. 20분 동안 벌어졌던 일들은 뚝 떼어서 저만치 던져 버리고 아무런 감정 소모도 없었던 것처럼 태연하게 서로를 바라보았다. 이 세계를 헤쳐나가는 것은 내 감정의 뇌를 탄력 있게 단련시키는 일이기도 했다.

물리치료를 받고 나면 미안하고 고맙다며 어쩔 줄 몰라 하시는 어르신도 계셨다. 등과 어깨를 치료해 드린 어느 날에는 이렇게 말했다.

"나 다음에는 치료 안 받을래요!"

평소에 받은 치료가 만족스럽지 않았나 하는 의문이 들었다.

"왜 그러세요?"

"돈도 안 내고 자꾸 치료 받을 수 있나? 미안해서 못 받겠어!"

일단 안심은 되었다. 이런 생각이 들 수도 있구나.

"어르신! 그런 걱정 마세요! 아드님이 이곳에 돈을 내시잖아요."

"그래도 그렇지 자꾸 공짜로 받으려니까 미안하네."

어르신은 미안하다는 말을 되풀이했다. 그 옆 침대 어르신은 치료를 받고 나서 돈을 내겠다며 주머니를 뒤적였다.

"이거 공짜로 받을 수 있나! 내가 이천 원 줄께!"

어르신의 순수한 마음에 나도 모르게 웃음이 나왔다.

"괜찮아요! 다른 분들에게도 돈 안 받아요. 걱정하지 마세요!"

한사코 거절하면 협탁 위에 놓아두었던 바나나라도 건네 주셨다. 끝까지 거부하지 못해 어르신의 성의를 받아들였다.

평소에 치매 증상을 보이며 선생님들을 힘들게 하는 어르신이더라도 이럴 때 보면 이치가 밝다. 고마운 마음에 어쩔 줄 몰라 하는 어르신들 앞에서 숙연해진다. 어르신들은 당연히 받아야 할 위치였기에 이곳에서 우리는 한없이 드리는 것에만 익숙해졌다. 그만큼 우리의 심신은 소모되었고 고갈되기도 쉬웠다. 그런 만큼 이런 상황 속에서 때때로 건네주시는 어르신들의 성의 표시는 메마른 감정의 갈증을 한 번에 해소시켜 주었다.

이 세상은 공평했다. 매번 짜증을 내시며 우리의 인내심을 소진하게 만드는 어르신도 계셨지만 따사로운 햇살처럼 다가와 흠집 난 가슴을 싸매주고 아물게 해주는 분도 계셨다. 그래서 우리는 또 견뎌 나갈 수 있다. 어르신이 계시기에 우리는 힘겨운 마음을 회복해 어르신께 변함없는 모습으로 다가갈 수 있다.

키가 커서 미안해

유난히 체구가 큰 분이 계셨다. 젊었을 때 씨름선수를 했었다고 하는데 어림잡아 신장이 190센티는 되어 보였다. 이렇게 몸집이나 신장이 큰 어르신들이 요양원에 입소하게 되면 서비스 제공에 어려움이 생기기도 한다. 이런 어르신은 보통 침대 크기가 맞지 않았다. 침대 아래쪽 칸막이를 떼어 내어야만 어르신이 누울 수 있었다. 그러다 보니, 다리 일부분은 항상 침대 밖으로 걸쳐져 있었다. 특수 침대를 제작하는 것이 여의치 않았기 때문에 다른 방법을 강구해야만 했다. 임시방편으로 다리를 방석으로 받쳐 놓고 지내시게 되었다. 이곳에서 제공하는 옷도 특대 사이즈였지만 몸에 맞지 않았다. 항상 팔과 다리가 한 뼘 정도는 속살을 내보였다. 침상에 앉아서 간식을 드시거나 휠체어에 앉을 때도 불편한 것은 매한가지였다. 몸집이 워낙 거대하다 보니, 물을 드실 때도 단번에 한 통을 들이켰고, 외형만큼이나 섭취량도 많았다.

서로가 불편한 것이 한두 가지가 아니었다. 어르신의 체위를 바꿔주거나 기본적인 서비스를 제공할 때는 두 분의 선생님이 함께 시행할 때도 있었다. 이런 상황이니 목욕 서비스를 제공할 때는 어떤 장면이 연출될지 상상이 갈 것이다. 남자 선생님들의 도움이 전적으로 필요한 경우였다. 세 분의 선생님들이 침상에서 목욕 침대로 이동을 시켜야만 안전하게 목욕을 마칠 수 있었다.

휠체어에 앉힐 때도 조심하지 않으면 정강이 부분이 침대 난간에 긁힐 수 있었다. 워낙 하체가 길어서 어르신을 완전하게 들어 올려서 태운다는 것이 말처럼 쉬운 일이 아니었다. 두 명의 선생님이 한 조가 되어서 이동을 시키지만, 체구가 작은 여자 선생님들이 감당하기에는 힘에 부칠 때가 많았다. 피치 못해 생겨난 어르신의 다리 상처를 보면 안타까운 마음이 들었다.

평소에 키에 대한 불만을 조금은 갖고 있던 나였지만, 이분의 사례를 접하면서 그동안의 고정관념이 깨지고 말았다. 사회에서 건강한 생활을 할 때는 큰 키와 몸매가 부러움의 대상이었을 테지만 나이가 들고 병으로 인해 요양을 받을 처지가 되면 오히려 불편한 요소가 되어 버리기도 한다. 상황에 따라서 신체의 만족도가 완전히 뒤바뀌는 사례였다. 병들고 아픈 상황에서는 세상 사람들이 바라보는 기준이 아무런 소용이 없었다. 내 몸은 나 스스로 다스릴 수 있을 때만 온전한 것이지, 남의 손을 빌리는 순간 육체적 매력을 논할 가치가 상실되었다.

누구나 나이는 들고 신체가 쇠약해지기 마련이다. 진행속도의 차이가 있을 뿐이다. 평생 아름답고 멋지지만은 않을 텐데, 나는 한때의 모습이 인생의 전부인 양 착각하고 살아가는 사람 중 하나였다. 그래서 씁쓸한 생각마저 들었다. 외적인 모습에 치중하기보다는 내면의 멋을 쌓아가기 위해서 노력해 보았냐는 질문에 '예'라는 대답을 할 수 없었다. 어떤 겉모습으로 살아 왔는지 보다 어떤 마음으로 살고 있는지를 되짚어 볼 수 있었던 계기는 이곳에서 키다리 어르신을 만났기 때문이었다. 한때는 이런 생각도 했었다. 이삼십 년 후에나 겪게 될 세상을 미리 알게 되니 우울하고 낙심만 된다고 말이다. 이제는 달리 말할 수 있다. 몇십 년 후에 하게 될 미련과 후회가 남지 않도록 나의 시선과 관점을 바로잡는 계기가 되었다고. 미리 와 본 세상은 미래의 내가 맞이할 곳이기에 더 따뜻하게 부여잡고 소중히 감싸 안아야겠다고. 누구에게나 세월은 비켜 갈 수 없다는 것을 깨닫는 순간, 인생의 선로 끝인 이곳 세상에서 희망을 찾았다.

좌측 편마비 증세로 걷지 못하는 할머니는 항상 물리치료 받을 시간을 기다리고 계셨다. 불편한 다리에 온찜질을 한 후 오일이나 로션으로 마사지를 해 드리고는 했다.

"오늘은 오른쪽 종아리에 약 좀 발라줘! 어제부터 이쪽 다리가 아프고 저리더라구."

"여태까지 그쪽은 괜찮았었잖아요?"

"그러게! 골고루 하네."

그동안은 주로 마비된 부위를 치료했었는데 연세가 들수록 모든 관절의 노화가 진행되다 보니 반대편 다리에도 불편함을 느끼신 것 같았다. 어르신은 다른 분들보다 신장이 크신 편이어서 종아리도 매끈하고 길어 보였다.

"내 자랑 좀 할까! 10년 전만 해도 치마 입고 나가면 다리 예쁘다는 소리 많이 들었었는데."

어르신은 마사지를 받는 동안 다리를 쳐다보며 한숨을 쉬었다. 자신의 신세를 한탄하고 원망했다.

"그러셨군요!"

"근데 이놈의 병이 걸리는 바람에 이 모양 이 꼴이 됐잖어!"

"후회해도 예전으로 돌아갈 수는 없잖아요! 어르신보다 상태가 더 안 좋은 어르신들도 많은데, 어르신은 듣고 말할 수도 있잖아요! 갑작스럽게 병이 생겨서 말도 못 하고 와상상태로 지내시는 분들에 비하면 어르신은 나은 편이에요!"

"그러게 후회해도 소용없지만!"

어르신은 끝내 아쉬운 심정을 내려놓지 못했다.

지금의 내 모습은 예전에 내가 잘못 보낸 시간으로 인해 생겨났다는 것을 깨닫는 사람들이 과연 얼마나 될까. 과거 없는 현재는 없고 현재 없는 미래는 없다고 했던가. 내게 닥친 현실은 별안간 생겨난 것이 아니라는 것을, 스스로가 자초한 일일 수도 있다는 것을 나 자신이 알아야 한다.

지금이라도 어르신이 돌이킬 수 없는 허망한 과거에 연연하지 말고 자신이 가지고 있는 것과 할 수 있는 일에 더 애착을 가져 보길 소망한다. 나약한 모습도, 거부하고 싶은 육체도 온전한 내 것으로 받아들여야 한다. 이 모든 것이 외면할 수 없는 어르신 자신이기에.

찾아가는 서비스 맞춤 서비스

어르신들은 각자의 취향이 확고하며 타협도 허락지 않는다. 그들의 개성대로 일상을 거침없이 밀고 나간다.

무뚝뚝한 어르신은 침대에 누워 계실 때면 항상 이불을 덮지 않고 몸을 웅크린 채로 있었다. 안쓰럽게 느껴져 발밑에 개어져 있는 이불을 덮어 드리면 언제 인기척을 느끼셨는지 몸을 일으켜 이불을 걷어 냈다.

"이불 덮고 주무세요."

그러나 어르신은 인상을 쓰며 짜증이 섞인 말을 했다. 할 수 없이 이불을 도로 걷어 낼 수밖에 없었다. 이런 상황이 여러 번 반복되었고 어르신의 고집은 끝내 꺾이지 않았다.

심신이 허약해진 탓인지 한여름에도 얇은 차렵이불보다는 봄, 가을용 이불을 원하는 분들이 많았다. 한여름에도 내복을 입으시는 분들이 계셨는데 '바람이 술술 들어와 뼈마디가 쑤신다'

라고 호소했다. 이렇듯 연로한 분들은 저체온 증상이 나타나서 더위를 잘 느끼지 못하는 반면에 추위에는 민감하게 반응했다. 그렇지만 이불을 덮지 않는 어르신의 행동은 유별난 경우여서 속내를 짐작조차 할 수 없었다. 어르신의 의외의 모습에 선생님들은 어떻게 대처해야 할지 난감했다. 비슷한 생활방식을 보이는 분들도 계셨지만 이렇게 특이한 행동을 보이는 분들로 인해 선생님들은 색다른 문제에 당면했다.

어느 날이었다. 어르신이 어쩐 일로 이불을 덮고 계시는 것이 아닌가. 그동안 수많은 이불을 거부해 오던 어르신이 드디어 분홍색 이불을 받아들였다. 마음의 변화가 생긴 것인지 아니면 원래 분홍색을 좋아하는지 알 수 없었지만 쌀쌀해진 날씨에 이불을 덮게 되었으니 잘된 일이었다. 참 오랜만에 목격한 모습이라 신기한 생각마저 들었다. 상식을 초월하여 바라보고 해석하는 것이 이제는 익숙한 일이 되었지만 이불 덮기를 유달리 싫어하시는 어르신의 행동은 좀처럼 받아들여지지 않았다.

한 침대에는 항상 꽃무늬 시트가 깔려 있었다. 대부분 깔끔한 흰색 계통의 침대 덮개를 사용하는데 이분의 시트는 남달랐다. 이유는 간단했다. 어르신의 특별한 요구 때문이었다. 어르신은 침대 시트를 교체할 때마다 꽃무늬 시트로 깔아 주기를 원했다. 선생님들은 잘 기억해 두었다가 원하는 것으로 교체를 해 드렸다.

공동생활에는 획일적으로 적용하는 것도 있었지만 각 개인의 기호를 반영할 때도 있어, 어르신들이 특별히 원하는 이불이나 침대 덮개를 제공하기도 했다. 한두 명도 아니고 수십 명의 요구를 모두 맞춰줄 수는 없지만 선생님들은 최선을 다하기 위해 애쓰고 있다. 크게 표시 나는 부분은 아닐지라도 작은 배려와 관심이 이 세상을 따뜻하게 비추고 있었다.

어르신이 먹고 배설하고 잠자는 일들은 가장 원초적인 생존권이다. 하지만 단순하게 이뤄지는 일상에 도움의 손길이 없다면 인간으로서 누려야 할 최소한의 권리가 수행되지 못할 수도 있다. 요양 서비스는 단순하면서도 복잡하고 어려운 일이다. 그렇기에 누구나 할 수는 있지만 아무나 할 수 없는 일을 감내해 온 선생님들의 존재가 더욱 빛이 난다.

항상 오후 3시가 되면 양치를 끝내고 호출하는 분이 계셨다. 하루도 어김없이 그 시간에 양치하는 습관이 몸에 배어 있었다. 점심식사 후 양치를 하는 것이 일반적인 상식이었지만 그분에게 상식은 통하지 않았다. 자기만의 세상에서 스스로 옳다고 생각하는 일이 상식이 되었다. 또한 하루 세끼 식사 후 양치질을 하는 것이 대부분의 사람이 자연스럽게 받아들이는 상식이었지만, 어르신은 치아가 닳는다는 이유로 하루 한 번 오후 3시에 행해지는 양치질을 현명한 방법이라고 여겼다.

워커로 이동해서 화장실과 세면대를 사용할 정도로 보행이 원활했지만 양치질만큼은 침대에서 이뤄졌다. 조그만 대야에 입 안을 헹군 물을 뱉어 낸 후 선생님을 불러서 치우게 했다. 자신의 깔끔함을 남에게 스스럼없이 얘기하면서도 세면대에서 충분히 할 수 있는 양치질을 침상에서 벌였다. 어르신의 고집스러운 행동에 누구라도 참견을 하게 되면 '왜 양칫물 치워 주는 게 귀찮어?'라고 물으며 핀잔을 주었다. 그래서 언쟁보다는 어르신의 요구를 맞춰드리는 것이 속 편한 일이었다.

공동생활이지만 유별나게 자신의 주장을 내세우는 경우에는 수용하고 인정해 주는 것이 어르신과의 마찰을 최소화하는 일이었다. 정상적인 사고가 되는 듯 보이다가도 인지기능 장애가 의심되는 어르신을 상대하는 일은 선생님들의 심신을 더욱 지치게 만들어 버렸다. 선생님들은 피해갈 수 없는 일들을 담담하게 받아들이려고 하루에도 수차례 자신과 싸우는 일을 마다하지 않았다.

어르신은 스스로 보행하기도 힘든 상태였지만 그날따라 침상에서 자주 내려오며 분주한 행동을 보였다.

"어르신! 필요한 것이 있으면 저희를 불러 주세요."

"아니여! 내가 봐야 혀! 목욕한다고 옷을 벗겼으면 딱딱 가져다 놔야지. 왜 안 갖다줘!"

"빨래해서 말린 다음에 가져오려면 시간이 걸리잖아요. 조금만 더 기다려 주세요."

"그런가! 딴 사람들도 그렇게 하나!"

석연찮은 표정이었다. 목욕할 때 벗어 놓은 옷들을 잃어버릴까봐 애가 타셨다. 어르신의 물건이 눈에 안 보이자 걱정스러운 마음에 불안함을 감추지 못했다. 자신의 물건에 대한 집착은 이곳 어르신들에게 공통적으로 나타나는 현상이었다. 어르신들의 물건을 재깍재깍 찾아 드려야만 하루를 조용하게 보낼 수 있었다. 그렇지 않았다가는 하루 종일 어르신의 호통과 고함을 들을 각오를 해야만 했다.

어르신을 보살피는 일중에 가장 힘든 것이 목욕이 아닐까 싶다. 계절에 상관없이 목욕 시간에는 사우나를 하는 것처럼 선생님들의 온몸이 땀으로 젖어 버리고는 한다. 목욕은 하루 일과의 반을 끝내 놓았다고 말할 정도로 비중 있고 힘겨운 일이었다. 어르신을 침상에서 목욕 침대로 옮기는 일부터 힘이 들기 시작한다. 어르신이 목욕 서비스를 순순히 받아들이시면 다행이지만 목욕을 상당히 싫어하는 어르신 때문에 시간이 지체되는 경우도 있다.

옷 벗기를 싫어해서 처음부터 입씨름을 하는 경우에는 대화를 통해서 설득도 해보았지만 말이 통하지 않을 때가 허다했다. 어르신의 옷을 벗기기 위해서 용을 쓰다 보면 목욕도 하기 전에 힘이 빠져 버렸다. 어르신이 자신의 몸을 지키기 위해 사력을 다해 손발로 공격을 하는 바람에 선생님들이 상처를 입을 때도 있었다. 그러나 누구에게 하소연할 수도 없었다. 인지기능 장애로 나타난 행동이었고 정상적인 판단력이 흐려져서 발생한 일인데 누구를 원망할 수 있겠는가. 목욕 서비스만으로도 지치는 상황인데 이렇게 어르신과 실랑이하다 보면 어느새 몸과 마음이 널브러지고 말았다. 바깥세상에서는 너무도 쉽고 간단한 일들이 이곳에서는 어렵고 까다로운 일로 다가왔다. 걱정거리도 안 되는 일들로 고민에 싸이는 것이 이곳 세상의 풍경이었다.

2주 전에 입소한 62세 어르신과는 목욕시간 마다 전쟁을 치렀다. 첫날 멋모르고 목욕을 시켰다가 선생님들이 난데없는 물벼락 세례를 받았다. 어르신은 선생님들을 향해 끊임없이 물장구를 치며 방어태세를 취했다. 보통 두 명의 선생님이 목욕 서비스를 제공하지만 이분의 반격을 받아 내기에는 역부족이었다. 결국 응원군으로 도와준 선생님과 함께 겨우 목욕을 끝낼 수 있었다. 목욕 때마다 곤욕을 치를 생각에 선생님들은 걱정이 먼저 앞선다.

'백조가 물 위에 떠 있기 위해 수면 아래서 쉬지 않고 발버둥 치듯'이 사회의 모든 분야에서 묵묵히 자신의 임무를 수행하는 감춰진 손길이 있기 때문에 하루를 당연하게 맞이하고 불편 없이 보낼 수 있는 것이 아닐까. 오늘도 요양원 선생님들의 손길은 어르신과 평온한 하루를 보내기 위해 분주하게 움직인다. 하루의 일과를 마치는 순간까지 긴장의 끈을 늦출 수 없다. 갑작스러운 사고는 느슨해진 틈을 타고 어르신들을 위협하기 때문이다.

어르신들이 선생님들에게 오라는 손짓을 하며 재촉한다. 잠시 차 한 잔 마시고 숨 돌릴 틈도 없다. 위험을 막으며 탄탄한 방패막이 역할을 하는 그들의 노고가 있기에 이곳의 평안이 유지될 수 있다는 것을 절감한다.

미약한 자에게 주신 역할

이곳에서 각기 다른 역할을 맡고 있는 선생님들은 오직 어르신들의 편안한 삶을 위해서 힘써 나간다. 각자의 분야에서 같은 곳을 바라보며 달려가고 있다. 절박한 순간이 이어지는 생활 속에서 분주한 하루를 견뎌 내야만 한다.

사회복지사는 매일 어르신들의 인지적, 정서적 지원을 위한 프로그램을 진행한다. 어르신들과 보호자들과의 상담을 통해 그들의 욕구나 불만을 파악하고 반영해 나가는 것이다. 간호사는 질병 치료와 예방을 위한 약물을 관리하고 그 외에 필요한 의료 서비스를 제공한다. 영양 파트에서는 하루 세끼 식사에 필요한 식단을 계획하고 제공하며 적절한 영양 섭취가 이뤄지도록 준비한다. 요양보호사들은 일상생활에 필요한 모든 서비스를 제공한다. 어르신들과 가장 밀접한 관계가 이뤄지기 때문에 수시로 일어나는 어르신과의 마찰도 해결해 나가야 한다. 그에 따르는 육체적 고통과 정신적 압박감은 상당하다. 그 외에도 많은 분야 담당자들이 한 생명의 삶을 지켜내기 위한 수고를 아끼지 않는다.

노화와 질병은 육체적, 정신적 고통을 수반하기에 물리치료사는 어르신들의 육체적 통증을 해소하고 신체 기능을 회복시켜 나가는 일을 담당한다. 여기서는 일반적인 사람들을 대상으로 하는 물리치료보다 다른 점들이 꽤 많다. 치료 효과도 확연하게 나타나지 않았고 인지기능 장애를 가진 분들이 대부분이기 때문에 치료 부위와 치료 후의 반응을 살피기가 어렵다. 보통은 눈에 보이는 외적인 변화를 통해 치료의 효율성과 문제점을 점검해 볼 수 있었다. 그렇지 않은 경우는 치료 후의 느낌이나 어르신들의 의사를 통해 확인해 보게 되는데, 이것이 쉽지 않았다. 의사소통이 안 되거나 표현이 단순하기 때문에 가늠하기 곤란할 때가 많았다.

정서적인 유대감은 다른 분야에서도 필요한 부분이겠지만 인지기능장애를 가진 어르신들을 치료할 때 더욱 중요시된다. 치료사와 치료받는 대상과의 친밀도나 유대감을 통해서 더 큰 치료 효과를 낼 수 있기 때문이다. 상대를 신뢰하고 마음이 편안해지면서 형성된 정신적 안정감이 육체적 통증을 감소시킬 수도 있었다. 밝은 미소와 웃음으로 서먹한 분위기를 해소해 나갔다. 어르신의 안부를 묻고 일상적인 대화를 해나가면서 분위기를 자연스럽게 이끌어 갔다. 어느 정도의 인지력을 가진 어르신들은 내 편에서 먼저 다가가면 경계하는 마음을 조금씩 내려놓기 시작했다.

90세가 넘은 할아버지는 최근에 발병한 질환으로 인해 정신적 허탈감에 빠져 계셨다. 갑작스럽게 닥친 신변의 변화가 끝내 받아들여지지 않았고 절망감은 깊어만 갔다. 프로그램이나 물리치료에 대한 호응도 시원치 않았고 모든 것을 탐탁지 않게 생각했다. 어느 날 어르신이 물리치료실로 치료를 받으러 왔을 때 이런 질문을 했었다.

"어르신! 꿈이 있으세요?"

누군가는 어리석은 질문이라고 반박할 수도 있었다. 하지만 꿈은 시간과 공간의 제한을 받지 않는다. 아주 위대하거나 거창한 것이 아니라도 괜찮았다. 꿈은 희망이었다. 내가 살아가는 이유가 되었다. 내 목숨과 내 기억이 다 하는 날까지 삶을 유지하는 끈이 바로 '꿈'이었다. 각자가 처한 상황에서 꿈은 재설정하면 되었다. 어르신들이 절망 대신 희망을 부여잡을 수 있도록 격려하는 일이 내 역할이었다. 그래서 뜬금없이 '꿈이 뭐예요?'라는 엉뚱한 질문을 던지곤 했다. 그들이 혹시라도 꿈꾸기를 시도할지도 모른다는 기대를 하면서 말이다.

질병과 노화로 육체적 고통을 호소하시는 분들이 흔히 하는 얘기가 있었다.

"어서 빨리 죽어야지! 이렇게 살아서 뭐 해!"

"2년만 더 살고 죽어야지!"

"내 나이가 90이 넘었어! 그만 죽으려고 어제저녁부터 밥을 안 먹었어!"

이런 말을 거침없이 하는 어르신이 낯설게 느껴지기도 했다. 그들의 심정을 모르는 것은 아니었지만 죽고 싶다는 얘기는 내 가슴을 먹먹하게 만들어서 끝내 듣고 싶지 않았다.

"어르신! 사람의 목숨은 내 뜻대로 되는 것이 아니잖아요. 저 한테 치료도 받고 자주 얼굴 보면서 지내요."

어르신의 마음을 모두 헤아릴 순 없지만 나약한 모습을 보이는 어르신에게 희망의 메시지를 전달하는 것이 나의 역할인 것 같았다. 어르신에게 살고자 하는 의욕을 일깨워 드리는 것도 어느 순간 나의 중요한 일과 중의 하나가 되었다. 신체적 재활도 중요하지만 심리적 회복이 함께 발맞춰 나가는 것도 중요하다. 때로는 심리적 안정과 삶에 대한 의욕을 심어주는 역할이 더 필요할 때도 있었다.

그동안 나는 몸이 불편한 어르신들을 많이 접했고 그들에게 육체적 재활치료를 제공해 왔었다. 하지만 시간이 지날수록 깨닫게 되는 것은 심적인 안정 없이는 육체적 재활도 원활하게 이뤄지지 못한다는 점이었다. 그날 기분에 따라 치료를 거부하시는 어르신도 계셨고 의욕이 없어서 필요성을 못 느끼는 경우도 있었다.

'모든 것은 마음먹기 나름이다'라는 말이 실감날 정도로 감정의 기복에 따라 재활치료의 효과가 달라졌다. 적절한 재활치료가 행해지기 위해서는 유대감이 형성되어야 했다. 그런 다음 신체적 접촉이 이뤄지기 때문에 재활치료를 제공하기까지는 다소 시간이 걸릴 수도 있었다. 처음부터 흔쾌히 반겨 주는 어르신은 드물었고 서로에 대한 친근감이 생기기 전까지는 나를 경계 대상으로 여겼다.

병원에서는 정상적인 인지를 가지고 스스로 필요에 의해서 치료를 받으러 오지만, 인지기능 장애를 겪고 있는 일부 어르신들은 외부 자극에 민감하게 반응하며 자신에 대한 지나친 보호 본능을 보였다. 어느 정도 호감이 생기기 전까지는 자신의 몸에 손을 대는 것조차 싫어하고 기피했다. 이런 현상이 나타나다 보니, 정서적 안정을 꾀하고 나와의 관계를 편하게 이끌어가기 위해서는 서로를 알아가는 소통 기간이 필요했다.

어르신들은 우리가 건네는 따뜻한 눈빛과 다정한 손길, 상냥

한 목소리를 감지할 수 있다. 비록 반응이 더디거나 없더라도 그들이 느끼고 있다는 것을 염두에 두어야 한다. 하루하루 낯이 익고 친근감이 생겨나다 보면, 어르신들은 이완된 모습을 보이며 경계심도 내려놓는다.

가족들과 지내다가 이곳으로 오신 분들은 이별에 대한 불안감과 다시 가족들과 함께 지내기는 어려울 것이라는 실망감으로 인해 자괴감에 빠지게 된다. 치매로 인한 정신적, 육체적 후유증을 추스르기도 힘든 상황에서 가족과의 격리된 생활이 이들의 고통을 한층 더 가중시키는 것이다.

이런 분들의 마음을 위로하고 아픔을 달래주며 공감해 주는 일은 어르신들이 이곳 생활을 극복해 나가는 데 중요하다. 낯선 환경에서 새롭게 시작된 삶을 무리 없이 헤쳐나가기 위해서는 그들의 손을 잡고 절망에서 일으켜 줄 도움이 필요하다. 어떤 역경도 이겨낼 수 있다는 의지를 심어주는 일은 어르신들에게 또 하루를 견뎌가는 실낱같은 희망이 된다. 그래서 오늘도 그들에게 꿈을 전한다.

고정관념이 깨졌다. 시간이 갈수록 어르신들의 생각이나 행동은 예측하기 힘들어졌다. 매주 월요일에 열리는 직원 회의가 유독 늦게 끝난 날이었다. 조급한 마음으로 온열 찜질과 전기 치료 기구를 챙겨서 어르신 방으로 향했다.

"얼래! 난 오늘 시간이 늦어서, 안 오는가 하고 포기했었는디 왔네."

어르신은 오전부터 물리치료를 받으려고 기다리셨는데 점심때가 지나도 보이지 않자 그만 단념하고 계셨다. '포기했는데'라는 말, 어르신이 이런 표현도 할 줄 아셨던가.

두 달 전쯤 요양원에 오셨던 그날이 생각났다. 새로운 어르신의 입소 소식을 듣고 생활실로 올라가 보니 어르신은 휠체어에 앉아 계셨다. 첫날이라서 그런지 낯선 환경에 어리둥절하시는 모습이 역력했다. 고개는 좌우로 흔드셨고, 눈빛에서는 긴장감이 감돌았다. 어르신에게 말을 건네 보았다.

"안녕하세요! 만나 뵈어서 반갑습니다."

어르신을 내 얘기가 안 들리시는지 엉뚱한 대답을 했다.

"나 좀 여기서 내려줘요. 이것 좀 끌러줘요."

"어르신! 조금만 있다가 풀어 드릴게요"

보호자의 얘기로는 어르신이 걸을 수 없다고 했다. 우선 휠체어에 앉혀서 어르신의 상태를 파악하고 있는 중이었는데 낙상이 염려되어 안전벨트를 매어 놓은 상태였다.

"이것 좀 풀어줘요!"

어르신은 답답하신지 떨리는 목소리로 이 얘기만 반복했다. 일단 휠체어에서 어르신을 내려드려야 할 것 같았다. 방바닥에 앉은 어르신은 엉덩이로 바닥을 밀며, 이리저리 배회했다. 다리 근력은 많이 소실되었지만, 상체 근력은 힘이 있어 보였다. 거실까지 나간 어르신은 소파에 앉기 위해 안간힘을 썼다. 혼자 힘으로는 안 된다고 생각하셨는지, 주위 분들에게 도와달라고 손짓을 했다. 옆 어르신이 보다 못해 손을 내밀었지만 어르신을 소파에 앉히기에는 턱없이 모자란 힘이었다. 어르신은 그렇게 한참을 소파와 실랑이를 하시다가, 힘이 빠지셨는지 시도하던 동작을 멈추고 바닥에 앉아 계셨다.

첫 만남의 기억이었다. 지금도 또렷하게 생각나는 걸 보면, 다른 분들보다 요란스럽기도 하고 안쓰럽기도 한 입소 첫날이었다. 어르신과의 생활이 순탄치만은 않을 것이라는 생각이 뇌리를 스쳐갔다. 대화도 힘들고, 치매 증상도 심해 보였다. 90세가 넘은 연세에다 인지기능이 온전하지 않아서 내가 계획하고 있는 물리 치료 서비스도 제공하기 힘들겠다는 생각에 한숨이 먼저 나왔다. 이틀이 지나고 어르신 방으로 치료해 드리러 갔다. 호응이 별로 없을 거라는 선입견과 함께였다.

"어르신 어디 아픈 데 없으세요?"

"이쪽 어깨다 따순걸 해야겠어. 암만 이불을 덮어도, 바람이 술술 들어오는 것이 어깨가 시려서 못 살겄어."

어르신은 본인의 의사를 또렷하게 내비쳤다. 두꺼운 이불에다, 담요를 몇 장씩 덮고 계셨는데도 어깨가 시리고 아프다는 말씀을 했다.

"요것 벽으로 끝까지 쳐. 틈새가 있으면 콧구멍으로 바람이 술술 들어와 못 살겄어."

침대 주변을 칸막이로 단단히 막아서, 바람 한 점 못 들어오게 해야 한다는 말씀이었다.

이로 인해 우리의 만남이 빈번해지기 시작했다. 치료하러 갈 때마다 어르신은 침대 아래쪽을 칸막이로 막으라고 당부했다.

수시로 일어나는 요청이라, 어느 순간 어르신의 요구를 자연스럽게 맞추게 되었다.

어깨 부위에 온찜질을 올려놓고, 담요와 이불을 덮은 후 반 시간 가량 있다 보면 어르신의 상의는 땀으로 흠뻑 젖었다. 어깨에 마사지를 해 드리려면 어차피 옷을 벗겨야 하는데, 이참에 다른 옷으로 갈아입혀 드렸다. 어르신을 어제 입은 옷이라며 한사코 거부했지만, 몇 번 더 권유하면 더 이상 고집을 피우진 않으셨다. 우리의 대화가 길어지면서, 고통스러워하는 어르신의 마음을 느낄 수 있었다. 어르신의 입소 첫날을 회상해 보면, 예상하기 어려웠을 일이었다.

"옷 갈아입으니까, 뽀송뽀송한 게 좋으시죠? 어르신! 참 이뻐요."

어르신의 머리와 얼굴을 나도 모르게 쓰다듬었다.

"아이구 내가 태어나서 이쁘단 소릴 처음 들어보네."

어르신은 겸연쩍어 했지만, 듣기 싫지는 않아 보였다.

"제 눈에는 이뻐 보여요."

"나는 살 만큼 살았으니께 빨리 죽어서 하나님 나라 가게 해 달라고 기도혀. 내 나이가 100살이 다 되어가는디, 죽을 때가 되았지."

"그런 말씀 하지 마세요. 하나님께서 저를 보내셨어요. 어르신께 어깨 아픈 데 치료해 주라고요. 그러니까 더 사시다가 하나님 나라 가셔야 해요. 저는 어르신과 만나는 게 참 좋아요."

"나도 자네 만나는 것이 참 좋네."

미소 짓는 얼굴을 보니, 형언할 수 없는 감정이 피어올랐다. 마음이 보내는 따뜻한 속삭임. 아! 이런 느낌이었구나. 정말 하나님은 어르신과 내가 만나, 사랑을 주고받게 하셨을까! 치매 증상이 심해 보여서, 모시기 힘든 분이 들어오셨다고 섣부르게 단정했었는데, 이렇게 말씀도 잘하고, 표현력도 좋을 줄이야. 대화를 나누면 나눌수록 본인의 의사표시가 늘어나는 것 같았다. 일취월장이었다. 관심 두고 마음을 알아주는 만큼, 자신의 마음을 여는가 보다. 꼭꼭 감춰 놓았던 마음을. 요즘은 어르신과의 만남이 기다려진다. 대화가 즐거웠다.

"내일 꼭 오세요! 선생님!"

낭랑한 목소리로 외쳤다. 시간과 요일에 대한 개념도 있어서, 치료하러 오는 날을 기억하고 있었다. 놀랄 만한 기억력이었다. 잠재력은 아이들에게만 발견되는 것이 아닌가 보다. 섣불리 판단하지 말아야 한다. 어르신들도 무한한 가능성을 가지고 계시기에.

오늘은 어르신이 나에게 놀라운 선물을 주었다.

"오늘도 아침 식사 전에 기도하셨어요?"

"그라문 했지. 내가 어깨가 많이 아파서 들지도 못했었는디 요즘 많이 좋아져서, 하나님께 따순 거 해주는 아줌마 복 많이 받게 해주셔요 하고 기도혔어."

감동이라는 표현이 맞을까. 지금껏 느껴보지 못한 설렘. 의외의 말씀에 가슴이 뭉클해졌다. 또한 어르신 언어 구사력이 나날이 좋아지는 걸 보며 내심 놀라움을 감출 수 없었다. 100세를 바라보는 어르신도 이렇게 다양하게 감정 표현을 할 수 있구나! 자칫하면 묻힐 수도 있었던 어르신의 잠재력은 요즘 절정에 오르고 있었다. 나도 질문에 또박또박 답해주는 어르신과의 대화에 재미가 붙었나 보다. 아침이 되면 어르신을 만나러 가는 길이 즐거우니 말이다.

'내일 꼭 오세요! 선생님'하고 외치는 어르신의 목소리가 귓전을 맴돌았다. 내일이 되면 나를 애타게 기다리실 거야. 나만의 착각이라도 좋았다. 난 이미 어르신의 매력에 빠져 버렸다.

스스로를 베풀고 인내하고 주는 입장이라고 여기며 지쳐가던 나는 어르신이 건네준 한마디로 그동안의 시름을 다 날려버릴 수 있었다. 어르신들에게 우리는 큰 것을 바라지 않는다. 그저 '고맙다'라는 표현 하나로도 찌푸렸던 얼굴이 펴질 수 있다.

어르신들에게도 우리의 사랑과 관심이 절대적으로 필요하듯이 우리에게도 따뜻한 말 한마디가 팍팍한 생활을 버텨가게 하는 보약이 된다.

하루하루가 전쟁터

하루가 순탄하게 지나가는 날이 없다. 내 안에 내가 없는 사람들과 그렇지 않은 사람들이 좌충우돌하는 세상이다. 어르신들은 일반적인 행동 양상을 보이기 보다는 전혀 예측하지 못한 기발한 행위를 창출하는 경우가 많다. 그렇기에 어르신의 행동에 대처할 모범 답안을 찾을 수도 없다. 어르신들마다 비슷하면서도 각자 다른 특색을 가지고 계셨기에 번잡스러운 일이 끝없이 펼쳐진다.

어르신 양쪽 무릎에 온찜질을 올려놓거나 다리에 전기치료를 해놓고 잠깐 자리를 비운 사이에 기구를 다 풀어 헤쳐 놓는 경우도 있었다. 이런 특징을 보이는 분은 침대 옆에 의자를 갖다 놓고 앉아서 치료과정을 끝까지 지켜보고 있어야 했다. 옆에 누가 있으면 침대에서 일어나지는 않았지만 수시로 눈을 감았다 떴다 하며 좀처럼 치료에 집중하지 못했다.

비위 관을 착용한 어르신은 의사표현을 잘해서 선생님이 방에 들어올 때마다 여기저기가 아프다며 소리를 지르셨다. 온몸에 통증을 호소하며 끊임없이 주물러 주길 원했다. 한두 군데 만져 드리다 보면 끝도 없이 손길을 요구하는 바람에 그 방에 머무는 것이 고역이었다.

이 어르신은 음식물을 삼키기 힘든 연하곤란으로 인해 코에 삽입한 비위 관을 통해 식사했는데, 인지기능장애가 있어 자신도 모르는 사이에 손으로 비위 관을 빼곤 했다. 어제도 이 비위 관을 빼는 바람에 추운 날씨에도 불구하고 병원을 다녀올 수밖에 없었다. 비위 관을 다시 삽입하는 것은 어르신에게도 고통이었지만, 방문 간호사나 병원 진료를 통해 이뤄지는 의료 처치이기 때문에 번거로운 일이기도 했다. 그래서 어르신이 일명 '콧줄'을 다시 빼내는 것을 방지하기 위해 보호자에게 신체구속동의를 구한 다음 어르신 양손에 특수 장갑을 끼우게 되었다. 어르신은 장갑이 손목을 압박하는지 풀어 달라고 말했다.

"손목이 불편하세요?"

"답답해요! 이것 좀 풀어줘요!"

"잠깐만 풀어 드릴게요. 콧줄만 안 빼시면 장갑을 안 끼셔도 되잖아요. 추운 날 병원까지 다녀오시면 힘드시잖아요."

"콧줄 안 뺐어요. 병원에 안 갔어요. 선생님이 믿을지 안 믿을지 모르지만 정말로 콧줄 안 뺐어요."

진지한 표정으로 믿어 달라고 호소하는데 순간 할 말을 잃어 버렸다. 이 사정을 모르는 사람이 들으면 정말로 어르신의 말씀을 그대로 믿을 수도 있겠다는 생각이 번득 뇌리를 스쳐갔다.

"장갑은 다시 끼셔야 해요. 아까보다 조금 느슨하게 묶어 드릴게요."

애처로운 눈빛으로 자신의 말을 믿어 달라는 어르신의 말씀에 아주 잠깐 마음이 흔들렸지만 '안 돼! 정신 차려야 해!'라며 나 자신에게 속삭였다.

오늘도 엘리베이터 앞을 서성이고 있는 어르신은 조금이나마 틈이 보이면 엘리베이터를 타고 1층으로 내려갈 심사였다. 안전상 승강기에 잠금장치를 해 놓았지만 면회를 오거나 손님들이 타고 온 승강기 안으로 재빠르게 어르신의 육중한 몸을 들이밀기 때문에 주의가 필요했다.

엊그제는 다른 층의 어르신이 워커를 밀고 1층으로 내려 오셨다. 어르신도 외부 손님이 이용한 승강기에 탑승했고, 영문을 모르는 외부인들은 어르신의 행동을 수상쩍게 생각하지 않았다.

"어디 가시려고 내려오셨어요?"

"용돈이라도 벌려면 박스라도 내다 팔아야지."

인지기능 장애가 있기 전에 소일거리로 삼았던 일들이 무의식중에 남아 있는 듯이 보였다. 이제는 필요 없는 일이라고 얘기했지만 되레 우리에게 답답하다는 말만 되풀이했다. 어르신은 한참을 1층 소파에 앉아 계셨고 어느덧 점심때가 되었다.

"점심 드실려면 방으로 올라 가셔야죠."

"나 밥 생각 없어요. 밝을 때 뭐라도 팔러 나가야 하는데……. 내 발로 걸어 나가겠다는데 왜 못 나가게 해요?"

상기된 얼굴로 타박을 했다. 평상시에는 선생님들에게 경어를 사용하며 웃는 얼굴로 지내는 분이었지만 이럴 때는 수월하게 넘어가지 않았다. 어르신은 직원과 함께 근처로 산책을 다녀온 다음에야 피곤한 모습으로 생활실에 올라갔다. 수시로 일어나는 일이었지만 그때마다 격양된 어르신의 마음을 진정시키려면 한바탕 곤욕을 치러야 했다.

한 달에 한 번 있는 '간식 만들기 시간'은 어르신들의 입맛을 즐겁게 해주었다. 영양사의 주도하에 어르신과 선생님들의 도움을 받아 매달 새로운 메뉴로 그날 간식을 만들었다. 여러 가지 재료를 펼쳐 놓고 선정된 메뉴를 만드는 작업으로, 어르신들의 인지기능향상을 위한 프로그램의 일환이었다. 간식을 만드는 동안에는 진지한 모습으로 참여하는 어르신도 계셨지만, 식욕의 본능을 억제하지 못하고 드시느라 정신이 없는 분들도 계셨다. 선생님들은 원활한 진행을 위해서 참을성을 발휘하지 못하는 어르신들을 말리느라 정신이 없었다. 인지기능 장애가 있는 어르신들에게 힘든 과정이 될 수도 있었지만 간식이 완성되기 전까지 어르신들의 욕구를 자제시킬 수밖에 없었다. 이 시간이 순탄치 않을 거라는 예상은 했지만 어린아이처럼 먹는 것에 심취한 어르신들을 보면 웃음이 저절로 나왔다. 선생님들은 이미 이 시간에 펼쳐질 상황을 머릿속에 그리고 있었다.

얼마 전에 입소한 어르신은 알콜성치매 진단을 받았다. 침대에서 수시로 내려오는 바람에 보호자의 동의하에 억제대를 할 수밖에 없었다. 이렇게라도 하지 않으면 언제 사고가 발생 될지 몰랐다.

워낙 연세도 많고 질병도 오랫동안 앓아 온 어르신들은 건강 상태가 갑자기 나빠지는 경우도 많았다. 고열, 호흡곤란, 의식 불명 등으로 어르신의 상태는 순식간에 위급해질 수 있기 때문에 응급상황이 발생하면 구급차로 이송했다. 하지만 응급차가 도착하기 전에 어르신 상태가 악화되면 이곳 선생님들이 심폐소생술을 실시하기도 한다. 절박한 순간들이 계속해서 선생님들을 긴장시키고 각성시켜 나갔다. 언제 어느 때 어떤 상황이 발생할지 모르는 이곳 생활은 하루가 무탈하게 지나가는 것만으로도 감사드릴 정도였다. 하루 24시간 동안 너무도 많은 일들이 생겨났다 잠드는 곳이었다. 내일을 기약하면서 말이다.

변화무쌍한 하루하루를 견뎌낸 후에 퇴근 시간을 맞게 되면 마음이 분주해져 발걸음을 재촉하게 만든다. 하지만 내일이 되면 새 마음으로 각오를 다지며 어르신과의 전쟁을 치루기 위해 발걸음을 옮긴다. 어제와 다른 오늘을 기대하며 또다시 힘을 내본다.

매도 많이 맞으면 맷집이 늘듯이 갖가지 사건사고를 통해 선생님들은 상황 판단력과 대처 능력을 길러나간다. 각양각색의 사건 속에서도 능수능란한 대응책을 강구하는 그들은 이곳의 진정한 해결사이다. 세차게 몰아치는 비바람 속에서 유능한 뱃사람이 만들어지듯이 예상치 못한 일들을 통해 더욱 단련되고 성장해 간다. 어쩌면 이곳 선생님들은 어르신과 함께하는 고된 생활을 통해서 고통과 시련을 이겨내는 수련을 하고 있는지도 모르겠다.

6

마음을 열면
따스함이 느껴집니다

나, 남이 알지 못하는 것 깨달았네

매일 한솥밥을 먹으며 지내는 사이는 한 식구(食口)가 맞았다. 어르신과 우리가 그렇다. 어르신이 이곳에서 돌아가시거나 퇴소하기 전에는 매일 만날 수밖에 없는 사이이다. 선생님들 또한 이곳을 그만두기 전까지는 미우나 고우나 만나야 하는 관계이다. 그래서 시간이 지날수록 낯이 익고 정이 들 수밖에 없는 끈끈한 사이가 되어 간다. 같이 있으면 힘들게 느껴지다가도 막상 눈에 안 보이면 생각나는 가족 같은 존재가 된다.

주 5일 근무를 하다보면, 주말이 그토록 기다려 질 때가 많았다. 퇴근하기 몇 시간 전부터 집으로 가고 싶은 마음에 안달이 날 때도 있었다. 하지만 주말을 보내고 월요일 아침이 되면 여지없이 보여지는 얼굴이, 이마엔 주름이 그득하고 양 볼엔 검버섯이 빼곡하게 자리를 잡고 있는 모습이 반갑게 느껴졌다.

아침에 물리치료실로 들어서면 언제나 맨 처음 마주치는 분이 계셨다. 어르신께 아침 인사를 건네면서 나도 모르게 환한 미소를 짓는다. 이제는 내 몸에 자연스럽게 배어 버린 습관적인 행동이 되었다. 항상 마주치던 어르신이 안 보이는 날에는 뭔가 어색했다. 늘 있어야 할 자리에 놓여 있던 물건이라도 없어진 것처럼 허전했고, 어르신을 찾게 되었다. 각 층마다 물리치료를 하러 가면 늘상 만나게 되는 어르신들은 언제나 변함없는 표정으로 반겨 주셨다. 다른 곳에서는 느껴보지 못한 편안하고 훈훈한 정이 흘렀다.

매일 신문을 구독하는 어르신은 일흔이 훨씬 넘은 연세에도 불구하고 안경도 쓰지 않은 채 어두운 방에서 신문을 본다. 전등을 켜드리겠다고 해도 한사코 거부했는데 한번은 의심스러운 마음에 어르신께 여쭤보았다.

"어르신! 신문의 작은 글씨가 보이세요?"

"그럼 보이지도 않는 신문을 왜 들여다 보고 있어?"

시답잖은 질문을 한다며 어르신께 핀잔을 받았다. 참 신기한 일이었다. 노안이 오는 시기가 한참은 지났을 텐데, 젊은 사람을 능가하는 놀라운 시력을 가지고 계셨다.

매일 배달되는 신문을 꼼꼼하게 읽으신 후에는 차곡차곡 접어서 방 한쪽에 쌓아 놓고는 누구든지 필요한 사람이 있으면 가져가라고 했다. 또 한 가지 흥미로운 일은 하루도 빠지지 않고 '납작 당면'을 불려 놨다가 간장과 버무려 드신다는 거였다. 이것을 드시고 죽을 뻔한 몸의 기력을 되찾게 되셨다며 마치 생명의 은인인 양 신봉했다. 당면을 드시지 않고서는 하루도 버틸 수 없다며 음식을 준비하는 수고를 즐기는 것 같았다. 신문의 모든 면을 차근차근 읽는 데도 몇 시간은 족히 소요될 것이다. 이분에게는 하루하루의 일과가 그리 더디 가지는 않았다. 볼거리와 드실 것 두 가지만 있어도 하루의 지루함이 달래지는 것 같았다.

인생의 온갖 사연들을 고스란히 간직한 채 도움을 받아야 할 처지가 되어 이곳에 오긴 했지만, 이분들은 인생의 대선배들이다. 표현을 안 했을 뿐 우리의 작은 실수까지도 알고 계시는 분들이다. 삶의 노련함으로 많은 것들이 눈에 거슬릴 수도 있었지만, 속으로만 생각하실 뿐 내색을 하지 않는 너그러움을 갖고 계셨다. 딸 같고 손주 같은 우리들에게 넓은 아량을 베풀 줄도 아시는 이해심 많은 삶의 고참이다. 한때, 내 일에 대한 사명감이 희미해졌었고 이곳에서 벗어나고 싶다는 마음도 가졌었다. 그동안 많은 시간들을 타성에 젖어 보내 왔었다. 하지만 어느 순간

깨달았다. 변함없이 그 자리에서 나를 반겨주는 어르신들이 있다는 것이 위로가 되고 힘이 된다는 것을 말이다.

한 분 한 분과의 소중한 만남을 통해 그 분들의 내면을 들여다 볼 수 있었다. 마음의 고통을 조금이나마 읽게 되었다. 여태껏 맡겨진 일들을 무덤덤하게 보아왔고 습관적으로 해왔던 나에게 어느 순간부터 그들의 슬픔이 고스란히 옮겨져 왔다.

최근에 입소한 어르신은 기억이 나지 않는다며 답답해했다. 안타까운 사연이었지만 도와드릴 수 있는 일에는 한계가 있기에 아쉬움이 더했다. 기억을 잃어 간다는 것, 기억을 해내지 못한다는 것이 자신에게는 얼마나 두렵고 막막한 일이겠는가. 어르신의 고통과 슬픔이 그대로 전해졌다. 100세를 바라보는 어르신이 여기저기가 아파서 죽고 싶다는 얘기를 했을 때, 그런 말씀은 하지 마시라고 만류했다. 얼마나 고통스러우시면 이런 말씀을 하셨을까. 어떤 말로 위안을 해 드려야 할까 고민했었다.

내게 치료를 받을 때마다 남을 비방하고 원망하는 분도 계셨다. 처음에는 그냥 듣고만 있었지만 나중에는 이해하는 마음을 가져보시라고 조언해 드렸다. 많은 세월을 원망과 불평으로 살아오신 분에게 이해와 감사의 마음을 갖게 하기는 힘든 일이었지만, 그래야 자신의 마음이 더 편해질 수 있다는 것을 아셨으면 싶었다. 쉬운 일은 아니었지만 시도조차 안 할 수는 없었다.

조금만 아픈 곳이 생기면 병원에 가야 한다며 계속해서 소리 지르고 짜증을 내는 어르신은 과도한 '건강염려증' 증세가 보였다. 어떤 말을 해도 믿지 않으시며 자신이 생각한 대로 병원을 가야만 직성이 풀리는 분이었다. 물리치료가 끝난 후, 두 손을 잡고 기도해 드렸다. 성급한 마음. 원망하는 마음, 불평하는 마음 대신 차분한 마음, 감사한 마음, 따뜻한 마음이 채워지게 되기를 말이다. 기도를 마치자 어르신이 웃으며 저번에 힘들 때도 기도해 달라고 부탁할 걸 그랬다는 말씀을 했다. 어르신의 고통도 이해하지만 자신과 주변 사람들을 위해서 조급함 대신 느긋함을 되찾기를 바랐다.

어르신과 선생님은 서로를 보듬어 나가야 할 가족이다. 이곳에서는 다른 어떤 직장에서도 경험할 수 없는 연민의 정이 흐른다. 항상 마주치는 사람들과 하루하루를 만들어 간다는 것이 얼마나 편안한 일인가. 가슴이 벅차오르면 매일 만나는 얼굴들이 더 소중하게 느껴지나 보다. 그러고 보니 감사할 것이 참 많다. 일할 수 있는 몸, 말할 수 있는 목소리, 볼 수 있는 눈, 씹을 수 있는 치아, 들을 수 있는 귀가 제 기능을 발휘할 수 있다는 것이 얼마나 다행스러운 일인지. 무심하게 받아들였던 신체의 기능이 어르신들의 삶을 지켜보면서 감사할 대상으로 바뀌었다. 당연한 것을 잃어버린 세계에서 평범한 것들이 더 소중하게 다가옴을 깨닫는다.

겨울비 내리는 날 홀연히 떠나셨다

아침 출근 시간에 평소처럼 급한 걸음으로 요양원을 향하고 있었다. 근처에서 구급차의 사이렌 소리가 들려왔다. 혹시나 하는 마음에 요양원 쪽을 바라본 순간 내 추측이 맞았다는 것을 알게 되었다. 어느 어르신을 태우고 구급차가 출발하고 있었다. 누구일까 걱정되어 조급히 현관으로 들어섰다. 도착하자마자 어르신의 이름부터 확인해 보았다. 며칠 전부터 상태가 좋지 않았던 어르신이 아니었다. 전혀 예상치 못했던 어르신이었다. 어제 오전에 어르신께 물리치료를 해 드릴 때도 상태가 좋으셨고 평상시와 크게 다른 점은 발견하지 못했다. 그런데 밤새 상황이 바뀌었나 보다. 어르신은 그렇게 겨울비 내리는 아침에 구급차를 타고 병원으로 이송된 후 우리 곁을 홀연히 떠나셨다.

연로하신 데다 평소 질병까지 갖고 계신 어르신들의 건강 상태는 예측할 수 없을 정도로 변화무쌍하다. 밤새 상태가 안 좋아져서 갑작스럽게 돌아가시는 사례도 빈번히 발생한다. 하지만

이 어르신은 아니었다. 연세도 그리 많지 않았고 대화가 가능할 정도로 인지력이 좋은 편이었다. 어제 뵈었을 때만 해도 밝은 모습이었고 늘상 하던 대로 양쪽 다리와 좌측 어깨 부위에 치료를 해 드렸었다. 미처 생각지도 못한 어르신이 위독한 상태로 구급차에 실려 가는 모습을 보니 당혹감이 밀려왔다. 일과가 시작되기 전부터 답답한 심정이었다.

이곳에 계시는 대부분의 어르신들은 살아갈 시간보다 죽음으로 향하는 시간이 더 가까워지고 있었다. 인생의 마지막 장이 여기에서 펼쳐지고 마무리되었다. 여러 가지 질병이나 인지기능 장애 등 요양원으로 오게 된 사연은 제각각 달랐지만 남은 삶을 여기에서 마무리하는 것은 같을 수밖에 없었다.

어르신들이 마지막 여정을 끝낼 때 쯤 언질이라도 주고 떠나셨으면 좋으련만, 인간의 생사는 근접할 수 없는 영역이었다. 금방이라도 돌아가실 듯 위급한 상황에서 극적으로 상태를 회복하는 경우가 있는가 하면 전혀 예상치 못한 변수가 생겨나 세상을 등지는 분도 계셨다. 이곳은 생명의 끈질김과 허무함이 공존하는 곳이었다.

입소 때부터 상태가 썩 좋지 않았던 분이 계셨다. 연한 곤란으로 인해 비위관을 착용하셨고 신체적으로도 몹시 가냘프게 보였다. 자극을 느끼면 겨우 눈동자만 반응할 뿐 대화도 불가능했다. 완전한 와상 상태의 전형적인 모습이었다. 그래도 어르신 자녀들의 모습은 인지하는지 가녀린 몸짓으로 고개를 좌우로 돌리셨다. 어머니의 대답 없는 모습이라도 바라볼 수 있다는 것이 다행스러운 일이라고 생각했는지 자녀들은 꾸준히 어르신을 찾아뵈었다. 어머니에 대한 지극한 사랑이 엿보였다. 어르신이 이 세상에 존재한다는 것만으로, 언제라도 찾아와 얼굴을 볼 수 있다는 것만으로도 그들에겐 감사한 일이었다. 그런 시간들이 쌓여 어느새 한 달이 되고 일 년이 지나갔다.

얼마 전 내가 당직근무를 한 날이었다. 야간 근무를 했던 선생님은 밤에 어르신의 상태가 위급해져 특별 침실로 모셨다는 얘기를 전했다. 그동안 어르신은 병약한 모습이었지만 별 탈 없이 지내왔다. 하지만 세월은 그냥 지나치지 않았다. 끝까지 버텨왔던 생명의 끈을 이리저리 흔들어 댔다. 어르신이 요동치고 있었다. 바람 앞에선 촛불과도 같이 금방이라도 꺼져갈 위태로운 상황이었다. 아침부터 어르신을 찾아오는 면회객이 줄을 이었다. 가까운 친척에서부터 증손자까지 어르신의 마지막 모습을 뵙기 위해 모여들었다. 내 삶의 마지막 장면을 바라봐 주는 이가 있다는 것이 얼마나 행복한 일인가. 나의 죽음을 애통해하고 아쉬워하는 가족이 옆에 있다는 것만으로 더 이상 무엇이 필요할까. 이런저런 생각에 잠겨 이날 근무를 마쳤었다. 그날 밤이 어르신에게 위험한 고비가 되지 않을까 하는 생각을 지워 버릴 수 없었다.

다음 날이 되어 어르신의 생사가 제일 먼저 궁금해졌다. 어젯밤 야간 근무자에게 조급한 심정으로 어르신의 상태를 확인했다. 초조함 마저 들었다. 하지만 선생님은 뜻밖의 대답을 들려주었다.

"어젯밤에 잘 주무셨어요. 호흡도 좋아져서 끼고 있던 산소 호흡기도 제거했네요. 건강이 회복된 것 같아요."

모든 사람들이 우려했던 일은 다행스럽게도 일어나지 않았다. 그때를 생각하면 실없는 웃음이 나온다. 그토록 가족들의 애간장을 태우게 했던 어르신은 전보다 더 건강해진 모습이었다. 이 세상을 쉽게 등지고 싶지 않으셨나 보다. 조금 더 살아내고 싶으셨나 보다.

이와 반대되는 사연도 있었다. 가족들이 마음의 준비나 예상도 하기 전에 허무하게 떠나가시는 분들도 적지 않았다. 그 중 한 어르신은 비록 연세는 많았지만 식사하고 화장실을 이용하는 정도의 일상생활을 도움 없이 스스로 해나가셨다. 파킨슨 질병으로 떨림 증상이 유난히 심했던 것 말고는 인지력과 지남력이 양호한 편으로 오히려 너무나 깔끔한 성격 때문에 주변 사람들이 피곤할 정도였다. 아침에 일어나면 세수부터하고 옷도 단정하게 차려입었다. 침대 주변도 항상 깔끔하게 정리하셨고 무엇이든지 자신이 해야만 직성이 풀렸다. 며느리가 푸짐하게 해 다 준 반찬도 빠짐없이 챙겨 드시면서 노익장을 과시했다. 가녀린 몸에서 어떻게 저런 힘이 나오시는지 한번씩 짜증 내며 질러대는 고함소리는 생활실 분위기를 압도했다.

그렇게 꼿꼿한 모습을 보이셨던 어르신이 어느 날 화장실에서 쓰러지는 일이 발생했다. 새벽에 용변을 보다가 앞으로 고꾸라지는 사고를 당한 것이다. 마침 한 방을 사용하던 어르신이 맨 처음 발견했다. 급하게 병원으로 이송 되었고 '뇌경색'이라는 진단을 받았다. 아마도 용변을 보기 위해 힘을 쓰시다가 뇌혈관에 무리가 간 모양이었다.

입원 후 어르신의 상태는 쉽게 회복되지 못했고 예후도 좋지 않았다. 그렇게 시간은 흘러갔고 어르신은 와상 상태로 퇴원했다. 쩌렁쩌렁 울려 퍼졌던 어르신의 목소리는 그날 이후로 다시 들을 수 없었다. 한동안 별 진전 없이 지내 오던 어르신은 위독한 순간을 끝내 넘기지 못하고 우리와 작별을 고했다. 그렇게 왕성한 모습을 보이셨던 어르신은 한순간에 쓰러지셨고 소중하게 여겼던 삶의 흔적들을 미처 추스르지도 못한 채 남은 생을 마무리 했다. 가족들은 허망하게 어르신을 떠나보냈다.

어르신들은 자신의 얘기를 들어주는 것만으로도 위로를 받는다. 그들과 이런저런 얘기를 나누다 보면 자신들의 마음속에 꼭꼭 숨겨 두었던 이야기보따리가 하나, 둘 꺼내져 나온다. 하지만 끝은 '죽음'에 대한 이야기로 마무리된다.

이곳에서 삶의 끝을 향해 한발 한발 내디뎌 가는 어르신들의 모습을 보면 마음이 무거워진다. 그래서 더욱 세상을 등지는 그날까지는 어르신의 입가에 환한 미소가 지어졌으면 한다. 살아온 날과 살아갈 날을 생각지 마시고 지금 이 순간을 만족스럽게 지냈으면 싶다. 태어나는 때는 순서가 있다지만 돌아가실 때는 순서가 없다지 않던. 숨이 멈춰지는 순간까지 우리의 생명을 소중하게 끌어안으시길 바랐다.

늙었다고 죽을 때까지 시무룩하거나 풀이 죽을 필요는 없다. 생사고락이 공존하는 이곳은 삶의 마지막이 아닌 또 다른 출발점이며, 서로에게 위로가 되고 서로를 보듬어 줄 수 있는 우리가 있는 곳이기도 하다. '희망'은 특별한 장소나 상황에 구애받지 않는다. 가장 쓸쓸해 보이는 절망의 숲에서도 어르신들과 함께 소망의 나무를 찾을 수 있기에 우리는 오늘도 값진 하루를 만들어 간다.

겨울비 내리는 날 우리 곁을 떠나신 어르신을 마음 한 편에 묻어 두고 애타게 나를 부르는 어르신께 힘차게 달려갔다.

초콜릿 한 알로 마음을 녹이다

일 년 중에 그날이 가까워 오면 대형마트나 동네 편의점에선 경쟁하듯 초콜릿을 쌓아 놓고 손님들을 유혹한다. 스쳐 보낼 수도 있었지만 나는 이날에 동참하듯 어르신들에게 드릴 초콜릿을 준비했다. 이곳에서 생활하시는 어르신들에게 세상의 분위기를 전달하고 싶었다. 젊은이들에게 사랑받는 초콜릿이 여기서도 요긴하게 쓰일 때가 있었다.

그들은 이곳으로 오는 순간 바깥세상과 단절되었다는 생각부터 할 것이다. 내 고향, 정든 집, 친근한 일터, 금쪽같은 친구, 나보다 더 소중한 가족들을 내려놓고 이 세상으로 젖어 들었다. 하지만 제한된 공간이더라도 그들의 마음까지 가둬 놓지는 못했다.

물리치료를 하다 보면 흔쾌히 받아들이는 어르신이 있는가 하면 항상 부정적인 시각을 갖고 계신 분도 있었다. 그날도 이 어르신은 달갑지 않은 표정을 짓고 계셨다.

"어르신! 양쪽 다리에 온찜질 해 드릴까요?"

"그거 받아 봤자 소용도 없는데, 안 해!"

단번에 거절했다.

"그럼 다리에 로션으로 마사지해 드릴게요. 요즘 겨울철이라서 피부도 건조하고 각질도 많이 일어나잖아요."

끝까지 거부하기는 그랬는지 마사지는 허락했다.

"어르신! 초콜릿 드릴까요?"

마사지를 마치고 혹시나 하는 마음에 여쭤보았다.

"그게 뭔데?"

"이거요!"

어르신 손바닥에 초콜릿 2개를 얹어 드렸다. 처음에는 뭔가 싶어서 호기심 가득한 눈빛으로 쳐다보셨다. 입에 넣고 나서는 단맛이 느껴졌는지 입가에 희미한 미소가 번져갔다.

"맛이 어때요?"

"씁쓸하네!"

"그래도 먹을 만 하시죠?"

대답 대신 고개를 끄덕였다.

이틀이 지나고 어르신 방으로 치료를 하러 들어갔다.

"어르신! 무릎에 치료해 드릴까요?"

"그래! 해봐!"

며칠 전에 보이셨던 부정적인 모습은 온데간데없어지고 호의적인 반응을 보였다.

어르신과 나와의 거리감이 초콜릿 두 알로 좁혀진 것 같았다. 마사지까지 해 드리고 나니 평소에 하지 않던 말까지 건네셨다.

"수고했어요!"

겉보기에 무뚝뚝한 어르신이었지만 마음까지 모질지는 않았다.

평소 대화를 자주 나누는 어르신이 계셨다.

"어르신! 오늘 무슨 날인지 아세요?"

"몰라! 무슨 날인데?"

"오늘 초콜릿 먹는 날이래요. 그래서 어르신께 드리려고 초콜릿 가져왔네요."

"그래, 고맙지!"

아프고 외로운 생활 속에 초콜릿 먹는 날을 굳이 챙길 필요는 없었다. 하지만 하루가 무료한 어르신들에게 밸런타인데이를 핑계 삼아 달콤한 초콜릿이라도 드시게 하고 싶었다. 오늘이 어제와는 다른 날로 기억되어, 어르신에게 소박한 즐거움을 준 날로 기억됐으면 싶었다.

평소에 워낙 말수가 적고 무표정한 어르신이 계셨다. 얼마 전에 피부질환 때문에 고생했던 어르신은 몸과 마음이 많이 고달파 보였다. 시간이 흘러 다행히 피부 상태가 많이 호전되었고 힘들었던 시기는 지나가게 되었다.

물리치료를 할 때마다 어디가 아프냐고 여쭤보면 '아픈 데 없어!'라고 일관했다. 이런 일이 몇 번 반복되다 보니 새로운 방법으로 어르신께 다가가야 했다.

어느 날, 어르신은 기운 없는 모습을 보였다.

"어르신! 안녕하세요?"

일부러 큰소리를 내서 누워 있는 어르신을 깨웠더니 몸을 일으키셨다.

"어르신! 어디가 제일 아프세요?"

"아픈 데 없어!"

"무릎이나 어깨, 허리 중에 아픈 데 없으세요?"

"허리가 아파!"

처음에는 아픈 곳이 없다고 하셨지만 아플 수 있는 부위를 짚어 드리니 허리를 얘기했다.

"어르신! 초콜릿 드릴까요?"

"뭐?"

한 개를 꺼내서 입에 넣어 드렸다.

"맛이 어때요?"

"다네!"

"달콤한 게 맛있죠!"

대답은 없었지만 굳어져 있던 표정이 어느새 부드러워지셨다.

"다음에도 드릴까요?"

"그래! 다음에 또 가져와."

서먹했던 어르신과의 관계가 초콜릿 한 알에 회복된 느낌이었다. 이 분위기가 이어져 오랜만에 어르신과 이런저런 대화를 시도해 볼 수 있었다. 어르신의 마음이 내 마음을 톡톡 건드리는 순간이었다. 단 것의 위력일까.

그렇게 시간이 흘러갔고 이제 어르신은 내 목소리가 들리면 자리에서 일어나 앉는다. 내가 건네는 작은 먹거리를 기대 하시는 건지도 몰랐다.

"어르신! 제가 누군지 아세요?"

"알지! 허리 약 발라주는 양반!"

어르신이 나를 보고 웃어 주시긴 했지만 일주일에 몇 번 밖에 안 되는 우리의 만남을 기억하실지 궁금했다. 확인해 보고 싶었다.

"네! 맞아요. 잊지 않으셨네요."

어르신의 인지력이 나를 알아볼 만큼의 상태로 지속되었으면 싶었다. 그때까지라도 어르신과 소소한 정을 나누길 바랐다. 점점 희미해져 가는 기억의 끝자락에 사랑의 온기를 채워 드리고 싶었다.

치료를 하면서 어르신들의 입안에 초콜릿이나 사탕을 넣어 드리면 어두웠던 표정들이 환하게 바뀌었다. 어르신들의 시름이 잠깐 동안 빠져나간 듯 보였다. 이 작은 알맹이가 순간의 기쁨을 주었고 상대의 마음을 여는 열쇠가 되었다. 마음은 꼭 거창하고 값진 것에만 흔들리고 움직이진 않는다. 아주 사소한 것이라도 그것에 진심이 담겨 있다면 상대의 마음을 사로잡기에 충분하다. 그것으로도 상대에게 감동을 선사할 수 있다. 세상 사람들이 즐겁게 나눠 먹는 사랑의 묘약을 어르신들에게 한없이 나눠 드리고 싶다. 그래서 쓰라리고 아픈 어르신들의 상처가 조금이라도 아물어 가길 바란다.

누구보다 아름다운 노인입니다

몸은 늙어 가지만 젊은이에게 없는 노련한 지혜와 삶에서 얻은 경험들이 있는 어르신들의 모습에서 아름다움을 찾을 수 있다. 마음이 나약해진 젊은이보다 유연한 사고와 순발력을 발휘하는 노인이 더 젊을 수도 있다. 나이가 들수록 몸은 쇠약해지지만 정신력은 더 담대하고 강건해질 수 있는 것이다.

하루 종일 찬송가를 틀어놓고 성격 책을 보시는 어르신의 일과는 언제나 변함이 없었다. 좌측 편마비 증세로 한쪽 신체가 불편하신 상태에서도 항상 깔끔한 모습으로 지내셨다. 협탁에 있는 물건들도 손이 닿기 좋은 거리에 두고 반듯하게 정리해 놓고 계셨다. 육체적 장애는 있었지만 정신적 장애를 물리치기 위해 무척이나 노력하시는 모습이 엿보였다.

"물리치료 해 드릴까요?"

"오늘은 성경책을 읽으면서 하나님이 주신 말씀을 먹어야겠어요. 다음에 치료받을게요."

"그러세요. 다음에 필요하시면 말씀하세요."

자신의 주관이 뚜렷한 분이었다. 하던 일을 계속하고 싶은
마음에 치료를 정중히 거절했다. 신체적, 정신적 노화는 대부분
의 어르신들을 무기력하고 나약하게 만들 수 있었다. 하지만 종
교로 위로받으며 정신의 힘을 키우고 계시는 어르신은 언제나
젊음을 유지해 나갈 것이다. 어떤 종교이건 간에 힘들고 어려운
상황에서 의지하고 위로받을 수 있다면 노후의 삶에 활력이 되
지 않을까 생각해 본다.

수혈까지 받을 정도로 건강 상태가 안 좋았던 어르신은 보행
에 대한 의욕이 대단했다. 스스로 걷는 것에 대한 의지가 강했기
때문에 걷기 연습을 포기하지 않았다.

어르신은 상태가 많이 호전되면서 선생님들의 눈을 피해가
며 침상에서 내려오곤 했다. 나중에서야 같은 방을 쓰시는 어르
신을 통해 이 사실을 알게 되었다. 뇌경색이 발생한 병력도 있으
신 데다 낙상의 위험성이 보였으므로 혼자서 걷는 연습을 하시
도록 내버려 둘 순 없었다.

"걷는 운동은 저희와 함께 하셔야 해요. 혼자 걷다가 넘어지
시면 다칠 수도 있어요."

"괜찮아! 안 넘어져!"

다른 어르신의 얘기로는 수시로 침대에서 내려와 발걸음을 떼신다고 했다. 이대로 두어서는 안 될 것 같았다. 보호자인 아드님과 상담을 했다. 보행으로 발생할 수 있는 문제점을 설명 드렸고 질환으로 인해 상태가 악화될 수도 있음을 상기시켰다. 아드님은 어르신의 강한 의지를 꺾을 수 없다는 입장을 밝혔다. 절충안을 모색해야만 했다.

이틀에 한 번씩 선생님의 감독하에 워커를 사용해 보행 운동을 시작하기로 했다. 운동하는 시간은 어르신의 상태에 따라 시간을 조절했고, 혈압이 너무 높게 측정되는 날에는 보행 운동을 되도록 자제했다. 어르신은 거실을 2번 정도 왕복하고는 거친 숨을 몰아쉬었지만, 의자에 앉아서 잠깐 숨을 고른 다음 운동을 다시 반복했다. 이렇게라도 운동을 하고 나니 기분이 좋으셨는지 전보다 표정이 밝아지셨다. 몇 달이 지나갔다. 요즘은 침대 옆에 휠체어 대신 워커를 두고 지내신다. 놀라운 발전이었다. 매달 받던 수혈도 필요 없을 만큼 건강 상태가 회복되었다. 걷는 것에 열정이 있었기에 건상 상태도 빠르게 회복되었고 어르신의 소망도 이뤄졌다. 현실에 안주하지 않고 끊임없이 노력하는 의지로 자신이 처한 상황을 바꾸어 나가신 어르신은 이곳에서 노년의 패기를 발산했다.

다소곳하고 점잖은 모습으로 항상 나를 반갑게 맞아 주시는 어르신은 이곳에서 근무하는 선생님들의 수고를 잘 이해해 주셨다. 4인실 방을 사용 중이었는데 옆 침대 어르신들이 소리 지르거나 짜증을 내어도 별말씀 없이 참고 지냈다. 다른 어르신 같았으면 선생님들에게 하소연을 하거나 불평을 털어놓았을 텐데 아무런 말씀도 하지 않으셨다. 평소처럼 차분한 음성으로 대해 주셨다. 마음씨가 고우면 얼굴에도 나타나는가 보다. 기운이 없어 보이기는 했지만 평온한 미소를 짓고 계셨다.

"옆 어르신 때문에 밤에 잠도 못 주무시고 힘드시죠?"

"어쩔 수 없지! 한방을 쓰니 어쩌겠어!"

신체적 정신적 장애를 갖고 계신 분들이기에 상식적으로 이해하려는 마음은 애당초 버려야 했다. 하지만 다른 어르신 행동이 자신의 안위를 침범하더라도 묵묵히 받아들이고 절제된 음성으로 말씀하시는 어르신의 느긋함이 놀라웠다. 타인을 배려하고 참고 이해하는 것이 오히려 나약하고 부족한 사람으로 인식되어질 수 있는 현실에서, 연륜이 가져다준 온화함은 젊은이에게서는 찾아볼 수 없는 미덕이었다.

독서하는 모습은 아름다웠다. 하루에도 수십 차례 방과 거실을 오가며 배회하는 어르신은 어느 날부터 독서 삼매경에 빠지셨다. '동화책'은 어르신들에게 더할 나위없는 좋은 소일거리가 되어 주었다. 그림으로 시각적인 효과도 볼 수 있었고 글자 크기도 어르신이 읽기에 적당했다. 하루 중에 무료한 시간을 달래기에는 동화책이 딱 맞았다. 4~5권의 책을 드리면 배회하는 것은 잊어버리고 자리에 앉아 몰입했다.

'치매'라는 질병은 인지력과 상황 판단력에 장애를 일으켰고 무분별한 폭식 자가 되게 했으며 난폭한 성향을 불러일으켰다. 하지만 책에 몰두해 있는 어르신의 모습은 너무도 멋져 보였다. 정신적 아픔을 겪는 사람이라고는 믿기지 않을 정도였다.

독서는 노쇠한 어르신을 지적이고 아름다운 모습으로 탈바꿈 시켰고 덧없고 허망한 세월을 순식간에 보람된 시간으로 만들어 놓았다. 독서는 어르신들의 절망을 희망으로 바꿀 수 있는 계기가 되었다.

이곳에서 독서는 노후의 삶을 재조명할 수 있는 건설적인 도구가 된다. 독서를 통해 고독과 우울감을 극복하고 보다 안정적인 심신으로 풍요로운 노년의 삶을 영위할 수 있다. 또한 어르신들은 자신들의 종교를 통해 안식을 찾았고, 걷고자 하는 의지와 실행을 통해 삶의 기쁨을 되찾는다.

노인은 젊은이보다 더 아름다울 수 있다. 그들이 가지고 있는 노련미와 관대함이 빛을 발하고 있기 때문이다. 저물어가는 삶이 아닌 도전하는 인생으로 바뀔 때 젊은이보다 더 강한 정신력으로 버틸 수 있다. 수많은 경험에서 묻어 나온 지혜는 시간이 흘러야만 얻을 수 있는 어르신들만의 고귀한 재산인 셈이다. 긴 시간을 통해 영글어진, 인생이 주는 소중한 선물이다. 그러기에 노인은 더 아름다울 수 있다.

'주문을 잘못 알아듣는 식당'에서
치매 환자가 서빙하다

　'주문을 잘못 알아듣는 식당'에서 치매 환자가 서빙을 한다는 기사는 신선한 충격으로 다가왔다. 치매 환자에 대한 부정적 인식을 바꾸고 치매 환자에게 '관용을 베풀며 살아가자'라는 취지로 열리는 행사라고 한다. 초고령화 사회를 앞둔 우리도 치매 환자와 공존할 방안을 적극적으로 검토하고 실현해 나갈 수 있는 물결이 일어나기를 바란다.

　10여 년 전까지만 해도 치매 환자인 가족은 감추고 싶은 대상이었다. 거론하는 것조차 부담스러워했다. 나 또한 주변에서 치매 환자를 요양 시설에 모신다고 하면 왠지 모르게 색안경을 끼고 봤다. 그래도 집에서 모셔야지 하면서 말이다. 자신에게는 관대한 잣대를 타인에게는 엄격하게 갖다 댔다. 자신들이 처한 상황이 아니기에 그들의 고통을 짐작하려는 노력조차 하지 않았다.

　하지만 지금은, 그런 편협한 시선들도 많이 너그러워 졌다. 이제는 부모나 배우자를 요양 시설에 모시는 일이 흔히 접할 수 있는 사연이 되었다. 남의 얘기로만 여겨졌던 일들이 자신과 가까운 일로 다가왔다. 그들의 아픔을 더 이상 외면하기보다는 공감해주는 넉넉한 마음으로 다가설 때이다.

　요양원으로 봉사활동을 오는 여학생이 있었다. 학생평가에 필요한 지역사회 봉사활동 점수를 채우기 위해 학생들이 많이 찾아오곤 하는데, 이 학생도 처음에는 이런 목적으로 봉사활동을 해왔었다. 하지만, 어느 순간부터 학생의 방문 횟수가 눈에 띄게 잦아지기 시작했다.

　"아직도 학교에서 필요한 봉사 점수가 부족한가 봐요?"

"아니에요! 요즘은 할머니 한 분과 친분이 생겨서 시간 날 때마다 방문하고 있어요."

"그랬군요!"

"우리 할머니 같아서요."

목적을 위한 봉사가 아닌 순수한 마음으로 어르신을 만나러 온다는 것이 쉬운 일은 아니기에 학생의 마음이 기특했다. 어르신도 자주 찾아오는 이 학생과의 만남이 즐거웠으리라. 치매 어르신을 거리낌 없이 받아들이고 자신의 할머니처럼 친근하게 생각하는 이 학생의 마음이 세상 사람들에게도 전해졌으면 싶었다.

이곳 생활이 세상과 격리된 삶이 아닌 자연스럽게 이 사회와 함께 공존할 수 있는 곳으로 바뀌어 나가길 바란다. 힘들고 어려운 이웃을 생각하듯, 마음이 외로운 어르신들의 손을 다정하게 잡아 줄 정다운 이웃들의 발걸음이 많아지길, 그래서 우울하게 보여지는 이곳 생활이 밝은 모습으로 비치면 좋겠다.

어르신들은 자신들에게 말을 건네 줄 그 누군가를 애타게 기다리고 있는지도 모르겠다. 이분들에게 베풀었던 관심이 몇 년 아니 몇십 년 뒤에는 나에게 그대로 되돌아오지 않을까? 이웃에게 가졌던 포용심이 성장해서 사회적 가치관으로 발전해 나간다면 이 나라의 미래가 더욱 밝아지지 않을까.

치매 환자도 사랑받고 사랑하고 싶다. 그들도 느끼고 있다. 단지 표현하지 못할 뿐이다. 인격적인 인간으로 대우받길 바란다. 나의 편견을 내려놓고 그들을 바라본다면 그들의 마음이 느껴질 것이다. 그들이 세상과 소통하고 더불어 살아갈 수 있도록 우리의 작은 실천이 밑거름되어야 한다.

치매 세상을 바라보는 따뜻한 시선이 세상을 넉넉한 마음으로 감싸주기를 소망한다. 인생의 선로 끝, 이곳 세상에서 희망을 찾을 수 있기를 바란다.

미약한 나에게 책 쓰기를 권유해 주신 삼독님과 끝까지 격려해준 가족들에게 고마움을 전한다. 아울러 미흡한 글을 세상에 선보이게 도와주신 편집자님과 이담북스 관계자분들에게도 감사의 마음을 전한다.

조상미